AMÉRIQUE CONTEMPORAINE

AMÉRIQUE CONTEMPORAINE

par

Nicolas Chemla
Clarisse Gorokhoff
Gilles Marchand
Delphine Bertholon
Alexandre Fillon

FIDELIO
PLON

92, avenue de France
75013 Paris
Tél. : 01 44 16 09 00
Fax : 01 44 16 09 01
www.plon.fr
www.lisez.com

Mise en pages : Nord Compo
Dépôt légal : septembre 2022
ISBN : 978-2-259-31278-3

La collection Fidelio est dirigée par Dominique Guiou et Nicolas Gaudemet.
Dans chaque recueil, cinq auteurs contemporains racontent leurs premiers émois littéraires avec l'écrivain qui a changé leur vie.
À travers le nom Fidelio, ce sont un attachement tout particulier, une filiation rêvée, une haute fidélité qu'évoquent les auteurs de la collection envers leur monstre sacré.

Tom Wolfe

par Nicolas Chemla

J'aurais préféré Roth. Ou Bellow. Ou Poe, ou même Lovecraft, tiens. Aucun lien ? Que tu crois… Moi, je vois des passerelles occultes. Le langage de l'hallucination, le langage comme hallucination, le Je qui s'éclate dans le rollercoaster de la frontière toujours mouvante entre le rêve et le réel. Mais, surtout : ils sont toutes les voix qui me fondent, les mondes qui m'animent. Tous les mondes en moi. Peut-on écrire sans être schizophrène ? Apparemment oui, en tout cas c'est la nouvelle injonction puritano-décoloniale (parce que l'écrivain, de fait, *colonise* les imaginaires) : tu n'écriras que sur toi-même.

Alors, Tom Wolfe ? En vrai, c'est moi qui ai eu l'idée. C'est indéniable, je lui dois tout. *Monsieur Amérique*, c'est Tom Wolfe, *Murnau des ténèbres*, c'est Tom

Wolfe (on a dit « Conrad sous acide », mais Wolfe, c'est Balzac sous acide), alors, comme ça, quand on m'a demandé : « Ça t'intéresserait d'écrire sur un auteur US qui t'inspire ? », tout de suite, c'est sorti tout seul : Tom Wolfe.

Tom Wolfe ? Non, tu veux dire Thomas *Clayton* Wolfe, l'auteur de l'hyperconscience exaltée, *Look Homeward, Angel*, à l'œuvre infinie – inachevable ; celui dont les *gens de bien* prononcent le nom comme un secret bien gardé ?

Non, non, pas lui. Tom. Wolfe.

Nan, sérieux ? Tant qu'à parler de *New Journalism*, choisis Didion, égérie *New Yorker*, icône *fashion* de l'intelligentsia – voilà, une *femme*, une aut*rice*, forte, fine, plume et regard aiguisés comme des stilettos de chez Manolo, *fuck le patriarcat*, mec, on est en 2022. Tom Wolfe, franchement, c'est trop *Bim Bam Boum*. Pourquoi pas Schwarzy tant qu't'y es.

Ouais, non. Didion j'aime bien mais elle me saoûle, et peu n'importe pas le flacon pourvu qu'on ait l'ivresse ; non, là, le flacon est trop parfait : sa manière de toujours tout ramener à elle, sa bonne éducation, son goût si élégant. Rien qui dépasse.

Non. Tom Wolfe.

Costume blanc, canne, chapeau fedora.

Acid Test, et le bus psychédélique de Ken Kesey. *The Right Stuff. Charlotte Simmons. Back to Blood. Kingdom of Speech.* Le mec qui pendant près d'un demi-siècle a tout déconstruit : le patriarcat, la conscience, l'individu, la réussite, la bienfaisance, la conquête de l'espace, l'art, la justice, le multiculturalisme, le réel lui-même. Tout. Et une seule *ligne* de conduite : la ligne, la phrase, la langue, l'histoire. La prose les deux doigts dans la prise.

Ouais, enfin, tout de même, c'est tellement *ringard*, ce côté écrivain superstar, moi, moi, moi.

Ben en fait non.

Tom Wolfe, tu vois, c'est Monsieur Nobody.

Pourquoi moi ? C'est ça, la vraie question. « Mon rapport à Tom Wolfe » ? Je ne sais même plus par quoi j'ai commencé, ni quand. *Charlotte Simmons* ? Ou *Le Bûcher* ? l'un des deux. Je me souviens le lire et me dire : ah ouais, chapeau bas (c'est le cas de le dire). Un putain d'ouragan qui balaie tout sur son passage, un livre qui brasse le monde, et tout le monde en prend pour son grade et pourtant tout le monde est dépeint à hauteur d'homme (ou de femme), les yeux dans les yeux, sans prêchi-prêcha, sans jugement – toutes les voix du monde en moi. Et le rire, le rire, la grande ironie cosmique. Le lire et me dire : putain, la littérature n'est pas morte, on peut ressusciter Balzac à coups d'électrochocs et s'emparer de l'époque pour de bon. Je me souviens, à un moment, lisant *Acid Test*, un petit *yes* placé comme ça, entre deux points-virgules, au milieu d'une phrase : *; yes ;*

Le point-virgule, faut savoir, c'est le signe par excellence, caractère de caractère, empreinte de distinction, stigmate de l'élégance : celui qui sépare l'écrivant de l'écrivain. Et lui, là, Tom : *; yes ;*

John Lennon dit être tombé amoureux de Yoko Ono comme ça : il entre dans une galerie new-yorkaise, où elle expose ; la pièce est vide, sauf un escabeau ; il grimpe ; au plafond, en lettres minuscules : *yes*. Moi, je crois, c'est ce *; yes ;* qui m'a fait *tomber en amour* pour Tom.

Je me souviens de le lire et de me dire : je ne suis rien. La littérature est tout, et elle nous dissout.

Alors pourquoi *moi* ?

L'idée même de *moi* me met mal à l'aise. Quand on me demande « Qui êtes-vous ? », j'ai le vertige, des sueurs ; je balbutie. Une fois, lors d'un séminaire d'intégration *corporate*, il fallait se présenter en quelques phrases. Ça m'a donné des angoisses pendant une semaine. J'ai fini par présenter un *slide* kaléidoscopique de photos. Je me souviens qu'il y avait une photo du Vietnam, où j'ai vécu, et de Beth Ditto nue, toute en bourrelets tatoués.

Je ne suis personne. Enfin, pas grand-chose.

Je ne viens d'aucune famille influente. Mon père n'est pas producteur, ni P-DG ni député, ma mère n'est pas éditrice, ni journaliste, ni philosophe, ni créatrice de mode, ou d'une agence de com branchée. Je ne suis pas scénariste, chroniqueur, reporter. Je ne suis pas influenceur, ni blogueur, ni directeur d'un site de littérature. Je ne suis pas doctorant en lettres, chercheur en sciences sociales, normalien (et là, tu as au moins 70 % des listes littéraires). Je ne suis l'élève d'aucun gourou. Certes, puisqu'il faut ici donner quelques gages, j'ai été présenté au concours général de français, et j'ai majoré Louis-Le-Grand au concours HEC, au bout d'un an de prépa, mais ça ne compte pas ; c'est *pire*. « Parce que c'est vrai, on aime bien mettre les gens dans des cases », comme me l'a avoué sur un salon un auteur (normalien) qui obtint en son temps le Goncourt du premier roman.

Certes, mon deuxième roman, *Murnau des ténèbres*, a rencontré un petit succès et m'a valu quelques accolades, dont une sélection en finale du Renaudot, des coups de cœur de libraires. Mais ça reste relativement confidentiel. Je ne me défais jamais de cette impression d'être un *nobody*, comme disaient les gosses de riche quand j'étais ado.

Je ne suis ni ex-taulard, ni ex-dealer, ni ex-drogué, ni violeur ni violé, je ne suis pas réfugié, je ne suis pas un ex-caillera qui vient te raconter la vie dans les cités, je n'ai pas traversé la Russie à pied ni l'Atlantique à la nage, je ne suis pas un repenti du djihad, ni une victime d'attentat, je ne suis rien de tout cela. *Nobody*.

J'ai été invité à la Cinémathèque pour présenter mon *Murnau* – la plus belle des accolades à mes yeux ; après la séance, un cinéphile (normalien) m'a dit : « C'était passionnant, vraiment, d'autant qu'avant de venir je me demandais : qu'est-ce qu'il va bien avoir à nous dire, ce Chemla *sorti de nulle part* ! »

Voilà, ça résume tout : *sorti de nulle part*.

Alors pourquoi moi, pourquoi Tom Wolfe ?

Lui aussi sort de nulle part. Il a été pris à Yale, mais lui a préféré une université moins cotée, pour rester près de ses parents, dans le Sud, où son père édite un journal agricole. Il écrit sur le sport, puis pour des magazines type *Esquire*, pas des magazines littéraires. Il n'est pas du milieu, et ne joue pas selon ses règles. Il traverse le truc comme un *bullet train*, se met tout le monde à dos, se frite même avec *The New Yorker*, autorité incontournable. Il s'en fout, il enchaîne les chefs-d'œuvre.

Mais, plus fondamentalement, mon lien à Tom W., c'est surtout que je crois comme lui au Je qui se dissout dans la littérature. Qui se disloque dans l'hallucination du réel. J'ai dû écrire une ou deux bonnes phrases, j'imagine. *I've put my life on the line*. J'ai mis ma vie sur la ligne, sans pour autant la raconter.

You're either on the bus, or off the bus.

2016. Je débute mon enquête sur Mike Mentzer, culturiste et journaliste, superstar oubliée, cramée dans les flammes infernales du rêve américain – le héros de *Monsieur Amérique* –, et je me dis que ma vie commence à dangereusement ressembler à un roman de Tom Wolfe ; il me semble entendre la phrase *wolfienne*, avec son rythme et ses torsions si caractéristiques, sa manière d'éclater le réel, au moment même où il l'écrit. Je suis à Vegas (*Vegas ! Comme l'un des tout premiers articles que Tom publie, en 64 !*), dans une Corvette à la carrosserie nickel mais à l'intérieur tout déchiqueté, lancée bien au-dessus de la vitesse autorisée sur l'autoroute qui me ramène à l'hôtel, à la place du mort ; le conducteur, coké à bloc (il a les yeux qui roulent et les gencives qui grincent), tient le volant d'une main suante, un glock P80 tatoué sur son avant-bras d'ancien musclor ; de l'autre, il tient entre deux doigts une mignonnette de vodka (la troisième au moins, le sol est jonché des cadavres de ses petites sœurs), en même temps qu'il triture le cliquet de la boîte à gants… CLAC ! Dedans, le même GLOCK P80, mais un vrai, celui-là. Il le saisit, ça fait rouler les muscles sous la peau de son avant-bras – qui affiche, celui-ci, HEAVY DUTY, du nom de la méthode d'entraînement révolutionnaire développée par Mentzer, dont il affirme à tout-va (enfin, affirmait, aux dernières nouvelles il était en taule) qu'il est le seul héritier. De fait, c'est lui qui exécute les mouvements sur la vidéo de promo que tournait Mentzer juste avant sa mort.

Sur les réseaux, il écrit partout qu'il a des photos de lui et Mentzer en train de sniffer de la coke sur les fesses de putes de Vegas. Il fallait que je le rencontre. Sur ses photos de profil, il pose tous muscles dehors sous le soleil du Nevada, devant des motos aussi luisantes que ses *pecs*, une jolie Asiate (sa femme) accrochée à ses bras noueux. Dans la gym de la banlieue de Vegas où il m'a donné rendez-vous (la banlieue de Vegas, tout un programme… allée après allée de pavillons sans cachet et de centres commerciaux *cheap* où s'entassent et traînent les armées de *bimbos boys and girls* qui dansent et virevoltent et se déhanchent et vous servent vos cocktails – et pour quelques dollars de plus…, la nuit, dans les clubs du Strip), dans la gym, donc, où il termine un cours, je me dis que ça doit être le cousin du mec sur les photos : petit, adipeux et, déjà, les gencives qui grincent. On se pose dans une espèce de caféteria qui n'a même pas l'élégance de ressembler au *diner* peint par Hopper (un truc tout crade, sono qui crache, café dégueu, biscuits en plastique), et il commence, vodka à la main, à me raconter les dernières années de Mentzer en parlant à son Samsung Galaxy (*c'est pour mon Podcast !*), dont il précise qu'il est plus cher que mon iPhone, tandis que je prends des notes sur un vieux carnet, usé par les voyages – un truc incongru, d'un autre âge : *who the fuck are you*, me dit son regard survolté (j'ai dit qu'il avait les gencives qui grinçaient ?). En vrai, je n'apprends rien, mais je vois là, dans ses yeux, dans sa peau abîmée, dans la rage et la tristesse qui tremblent dans sa voix, dans l'ambition contrariée, les rêves déçus, l'ego fêlé, l'image de soi brouillée par les stéroïdes, les nuits de folie (les nuits d'orgie et les nuits de beuverie mais aussi les nuits à entendre Mike hurler contre les démons invisibles et se taper la tête contre les murs avec une violence encore toute herculéenne), je vois, j'entends tout ce qui me permettra de donner chair à – de faire *revivre* – la légende de Mike, de le ramener d'entre les morts.

En tout cas, j'ai dû dire un truc qui n'allait pas. Ou alors c'est mes gribouillis sur mon carnet, je sais pas, mais le mec s'arrête net. Allez hop, je te ramène à ton hôtel, on continuera demain. Corvette bousillée, crissements de freins, mignonnette, accélération, bras tatoué, boîte à gants, GLOCK, et là il est en train de m'expliquer qu'il a mis un contrat sur la tête d'un concurrent qui daube sur lui sur Internet, en plus le mec a dit un truc sur sa fille, putain on touche pas à ma fille, mec, il a mis sur le coup un gang de motards néonazis (non, pas les Hells Angels, pire, mec, pire…) pour se débarrasser de lui, ben oui, j'ai des potes néonazis, pourquoi, ça te pose un problème, j'suis pas nazi, mais bon, quand même, Hitler, mec, Hitler, faut lire au travers des nuages de *bullshit* des médias, mec, c'était pas un mec si mauvais, il a fait des trucs bien… *Hmmm*, je me racle la gorge, il tient toujours son gun dans la main, à deux doigts de mes cuisses (quand la Corvette, avec ses amortisseurs d'un autre âge, rebondit sur les dos-d'âne, le gun cogne alternativement contre la boîte à gants et mes genoux et la mignonnette expulse quelques gouttes de vodka), *hmmm*, disais-je, alors là faut qu'tu saches, *dude*, tu parles à un juif (qu'est-ce qui m'a pris de lui dire ça comme ça ? Je suis pas suicidaire, mais bon, j'ai dû me dire, quitte à mourir, autant mourir dignement), tu parles à un juif, là, donc j'aime pas trop entendre ça, et d'ailleurs qu'est-ce que tu dirais qu'on change de sujet, non ? Regards assassins, mouvements brusques de volants (je crois qu'il a fait un demi-tour, comme ça, sur le *speedway*, il avait dû rater une sortie) et là : gros coup de freins, en un rien de temps il est sur moi pour ouvrir la portière, tiens tu descends là, c'est ton hôtel, tu m'as bien dit que t'étais au Louxor, non ? Il me jette sur le bas-côté, devant un gigantesque *no-man's land* de béton, un truc en pente parsemé de camionnettes et autres poubelles industrielles, sous les regards médusés de travailleurs non blancs en train de fumer leur clope – l'entrée du personnel ? Vu la taille des hôtels, il me faut marcher dix bonnes minutes sous un soleil écrasant, entre divers grilles, rambardes et palmiers, avant de me retrouver face à la pyramide géante et dorée du Louxor.

Pour en arriver là, il avait fallu se dépouiller de tout. À 19 ans, j'ai prétexté une année de bénévolat pour aller vivre au Sud-Vietnam, au milieu de nulle part, dans une maison au bout d'une allée de terre coincée entre les usines et les rizières. Plus tard, à Bangkok, je me prends déjà pour Tom et réalise pour un magazine local quelques « enquêtes » et portraits (dont celui de feu Marcel Barang, grand traducteur des perles de la littérature thaïe). Le soir, je traîne dans les bars à putes, et comme je ne consomme pas, elles me racontent leur vie entre deux passes. De retour à Paris, je croise par hasard, dans la queue d'une teuf au Gibus (c'est les *90s*), un mec dont je comprends qu'il est journaliste pour le magazine le plus branché de la capitale. Je le sens un peu pincé, je dois pas porter les bonnes baskets, je sais pas…, mais j'insiste. On se revoit, je lui fais lire quelques articles, dont une enquête sur le commissariat de Khao San Road, « la fin de la route », que reste-t-il du grand rêve routard des sixties, etc. *Oui c'est pas mal, apporte-moi d'autres sujets*. Deux mois plus tard, il fait sa une sur les *backpackers* en Thaïlande et Alex Garland (qui, certes, a sur moi l'avantage de sortir alors son chef-d'œuvre, *La Plage*). Je ne serai pas journaliste. Plus tard, je fais un master en anthropologie à la SOAS, à Londres. Je finis premier *cum laude* de ma promo. J'ai l'impression d'avoir *plié le game* universitaire. J'hésite à faire un doctorat, mais les profs me paraissent pleins de contradictions, et un peu déprimés. *Fast forward* quinze ans plus tard : ce qui a commencé comme un truc pour payer mon loyer commence à ressembler à une *carrière* dans la com', je passe ma vie dans des salles de réunion, London, Paris, Shanghai, NYC, ça se passe plutôt très bien mais un jour la machine grippe. Parfois les étoiles s'alignent, mais pas dans le bon sens. Je me retrouve à poil, presque littéralement : en flip-flops et bermuda, torse nu, casquette et lunettes de soleil, *California Style*, à San Francisco ; je traverse une cité décrépite (elle sera détruite quelques années après) de Potrero Hill, le quartier où l'inspecteur

Harry trouve le cadavre d'un Black fusillé, dans le film éponyme. À mes côtés, l'énorme golden retriever (que je sors TROIS FOIS par jour) de l'ami qui m'héberge, un vieux gay qui fume des pèts toute la journée, survivant de la grande orgie *70s* et de la lutte contre le HIV des *80s*. Et moi : plus de *boy-friend*, plus de job, plus d'argent (je me suis fait pirater toutes mes économies, il m'a fallu des mois pour tout récupérer), et c'est Cioran qui m'a donné le déclic : « On n'est soi qu'en mobilisant tous ses travers, qu'en se solidarisant avec ses faiblesses, qu'en suivant sa "pente". Dès qu'on cherche son "chemin", on se sabote, on s'égare… » À poil, donc. J'ai tout laissé derrière moi, pour écrire ce roman improbable sur Mike Mentzer. Parce que Tom Wolfe. Tout le monde me disait : « T'as qu'à écrire sur la pub ! », mais bon, Beigbeder, quoi. « T'as qu'à écrire sur les backrooms gays, ça fait vendre. » Ouais, mais Guillaume Dustan ? Je veux écrire un truc *inédit*. Alors quand je découvre la vie de Mentzer, et le scandale étouffé du Mr. Olympia 1980 à Sydney, Bim ! Voilà un vrai sujet. Une histoire incroyable, et le bodybuilding, un truc quasiment jamais traité en littérature (à part sous l'angle *freaks* par Harry Crews par exemple, ou par Giraldi, mais avec cette distance repentante du mec devenu respectable), alors qu'il infuse toute la pop culture, mais surtout : le corps, le genre, le masculin (construit, déconstruit), la naissance du cyborg, le post-humain, la drogue, le sexe, le rock'n'roll, et Schwarzy, justement, celui qui deviendra la plus grande star de cinéma de tous les temps, et l'un des hommes politiques les plus influents, en grand méchant, *maniganceur* de l'une des plus grandes arnaques sportives du siècle, le fameux Mr. Olympia 1980, dont Mentzer sortira détruit à jamais. Pour dire : CBS, qui a déboursé des millions de dollars pour en avoir l'exclusivité, ne diffusera jamais les images ; la blague cosmique ne les fait pas rire. Bref, bingo, je pars à SFO. Je lis, j'écris, je sors le chien. Un soir, on entend des coups de feu dans la rue. Je m'approche des fenêtres… « Au sol, mec ! T'es con ou quoi, tu veux qu'ils te voient ? » Le reste du temps ça va, c'est plutôt tranquille. Mais plus je me dépouille de tout, plus la vie ressemble à un rêve. Ça flotte.

Au Louxor, comme une âme en peine au huitième cercle de l'enfer j'erre toute la soirée dans les halls et couloirs interminables de l'hôtel, et tout est comme dans ce texte séminal de Tom, entre les escalators de néons, les machines à sous clignotantes, les écrans géants et les statues de dieux égyptiens ou presque, les moquettes de toutes les couleurs et nulle part la lumière du jour ni de la nuit, les visiteurs par grappes entières, en shorts et tee-shirts informes, rires gras et mains dans les frites, et les cocktails et les *slushies* fluo et des ampoules des ampoules des ampoules, partout, comme autant de pixels, et je me laisse peu à peu contaminer, la peur aidant, par cette lente dislocation du réel et de l'ego, et d'un ascenseur à l'autre je croise des groupes de jeunes, surtout des filles, les yeux allumés, habillées pour la teuf, entre deux dance floors, et chaque fois elles me demandent : *Are you Conor McGregor ? Oh, my God, you look just like him !*, si seulement, mais non, ils se sont passé le mot ou quoi, c'est une *cosmic joke* ? J'ai l'impression d'être Patrick Bateman dans *American Psycho*, alors je finis par me réfugier dans ma chambre, je m'endors et, au réveil, bam ! 20 sms sur mon tél, tous envoyés entre 3 et 4 heures du mat', t'es où sale tapette ? Tu crois que je vais perdre mon temps et que je vais t'aider à écrire ton bouquin de merde alors que c'est moi, MOI tu m'entends, le seul l'unique descendant du Grand Mike, tu crois que MOI je vais t'aider sale petit hippie de merde (là, dans ma tête : faudrait savoir, hier soir j'étais le sosie de Conor McGregor...), alors tu vas me filer 3 000 dollars, tu m'entends, 3 000 dollars cash, sinon, ben sinon j'ai pas besoin de te faire un dessin, meeeerdeuh oh merde oh merde oh merde, le mec sait dans quel hôtel je suis, et mon vol n'est pas avant 14 heures, *what the fuck*, sérieusement. Heureusement je n'ai qu'un tout petit sac, alors, zip, je file, enfin, je file, je me traîne sous le soleil déjà étouffant et j'arrive en nage à l'hôtel le plus proche où je finis par trouver refuge au bord de la piscine, on voit le Louxor juste à côté, sa pyramide surréelle, le bleu électrique du ciel et l'or étincelant et le vert diabolo des palmiers et *splash !* les corps des bimbos boys and girls plongent dans l'eau idéale pendant que je me dis que je vis là ma dernière heure et que je n'imaginais pas que ça finirait comme ça et je n'ai jamais été aussi heureux de monter dans l'avion qui me ramène à SFO.

Las Vegas, c'est là que Mentzer, dans mon roman, perd la boule, et c'est là que Wolfe semble pour la première fois avoir l'intuition du *réel comme hallucination* – et aussi, pour être honnête, à Burbank, pas loin, où il écrit sur la culture naissante des voitures « pimpées », dans *Kandy-Kolored Tangerine-Flake Streamline Baby* (à ce jour l'un des plus sérieux candidats pour le meilleur titre de tous les temps). Vegas, en ce temps, sort tout juste de terre, et Wolfe la décrit comme la première ville *entièrement constituée de signes* – il veut dire *enseignes*, mais en anglais c'est le même mot. Il y voit l'avènement d'un monde, d'une vie où tout n'est plus qu'image, forme, surface de rêve. Un monde du frisson plus que de la fonction, du regard plus que de l'être, de la stimulation plus que de la raison. Un monde pop, totalement manufacturé, selon un principe de plaisir – et de désir circulant. Un monde, dit-il, *dionysien* : « Liberté, style, sexe, pouvoir, mouvement, couleur : tout est là. » Il a l'audace de s'intéresser à – de *comprendre* – ces sous-cultures émergentes, loin de l'intelligentsia *East Coast*, de les comparer aux grands maîtres italiens de la Renaissance, mais surtout il a la vista, la *vision laser*, qui lui permet d'exposer ce qu'elles révèlent du monde naissant, à la fois essence et aboutissement de l'expérience humaine : le monde comme surface et spectacle, la réalité comme information subjective – le réel comme hallucination. La bascule dans la matrice. Il y a un passage qui condense tout ça – à la fois son phrasé *sensationnel*, et son regard. À propos des couleurs de Vegas :

« Tous les nouveaux pastels électrochimiques : tangerine, magenta grillé, rose cramoisi, incarnat, fuchsia éteint, rubis Congo, vert méthylé, émeraude viride, aigue-marine, phenosafranine, orange incandescent, pourpre scarlatine, bleu cyanure, bronze tessellé, orange panier-de-fruits-d'hôpital. »

Tout est là. Tout est hallucination, ressenti, manufacturé. Le réel qui disparaît sous le regard même qui révèle sa vraie nature.

Et puis, l'année suivante, par hasard ou par flair, on ne sait pas trop, Tom s'embarque sur Furthur, le bus des Merry Pranksters (les *blagueurs* joyeux), pour en tirer *The Electric Kool-Aid Acid Test*. Le bus est conduit par le sculptural Neal Cassady, le pote de Kerouac dans *On the Road*, mais c'est Ken Kesey, l'auteur déjà culte de *Vol au-dessus d'un nid de coucou* qui mène le jeu. L'un des tout premiers utilisateurs de LSD, il va devenir le gourou du psychédélisme – en même temps que Leary, mais en plus rock, plus électrique et *bad-ass*, plus coloré.

Dans ce livre des origines, Wolfe réitère son idée d'un monde en création où la convergence des drogues, de la puissance industrielle et des nouvelles technologies donne aux millions de *baby-boomers* (une vague de *jeunesse* comme on n'en a *jamais vu*) le pouvoir d'*infléchir* définitivement leur rapport au monde, de transformer le réel à leur image, ou plutôt de projeter sur le réel, *dans* le réel, leur propre image mentale

– *Fantasyland*, écrit-il. Le Pays des Merveilles, et de Marvel (les super-héros sont une référence centrale). L'imaginaire *infuse* le réel, et en devient inséparable.

Mais surtout, il y expose le programme de toute son œuvre à venir. Les *acid heads* répètent à l'envi, comme les premiers chrétiens, zoroastriens, et autres fidèles auxquels il les compare, qu'*il n'y a pas de mots pour décrire cela* – pourtant, en 400 pages, ce sont bien les mots magiques de Tom qui te donnent l'impression d'être *on the bus* avec les Pranksters, de *ressentir* ce qu'ils ressentent – pas juste un voyage de camés dans un bus pourri, mais une épopée cosmique, une exploration de ce qu'on n'appelle pas encore la pleine conscience. C'est que l'acide – et, on le comprend sous la plume de Wolfe, *la littérature* – « abolit la frontière entre le subjectif et l'objectif, le personnel et l'impersonnel, le Moi et le Non-Moi ». Comme aux premiers mois de ta naissance, avant que la société ne voile tes yeux. Le voilà, le programme : « D'un coup : tout en un ! Coulant, fluide, l'un dans l'autre, Moi dans le Monde, le Monde en Moi… tu vois le monde au travers d'yeux totalement *autres*, et tu redécouvres la part la plus fabuleuse de l'expérience potentielle de l'humain, un pouvoir, si proche et si clair, que plus personne ne le voit. » Tom, lui, oui.

Et, fidèle à son programme, il s'efface complètement derrière son sujet, contrairement à tout ce qu'on dit de l'écrivain superstar. Sur 400 pages, il ne dit « je », ou « nous », que 5 ou 6 fois. On ne sait pas qui il est, ni d'où il vient. Ni dans le livre, ni, à l'époque, *en vrai* : on sait qu'il écrit, qu'il est journaliste, il est connu du milieu littéraire parce que son *Streamline Baby* a fait sensation, mais c'est tout. En revanche, il se fond dans la peau, dans la tête, dans les hallucinations, dans la *vie* même, des Pranksters ; il déploie sa phrase, ses paragraphes, ses chapitres, en *kaleidoscope eyes* (les Beatles s'initie au LSD *via* Ken Kesey, et la face de la pop culture s'en est trouvée changée à jamais) : ponctuations folles, propositions suspendues, images improbables, rapprochements inattendus, convulsifs et pourtant tellement… *évidents*, pour rendre chaque seconde, son, couleur, décharge électrique, doute, désir, rencontre, vision. *On the bus*.

Par la suite, et jusqu'à la fin, il va dérouler ce même programme, inlassablement, à peine moins « rock », à peine moins psychédélique : prendre un événement, réel ou peu s'en faut, et le déployer sous toutes ses facettes – comme j'ai tenté de le faire avec le Mr. Olympia de 1980, ou la mortelle sortie de route de Murnau en 1931 –, en révéler toutes les coutures, tous les enjeux, toutes les tensions, tous les mensonges, toutes les illusions. Et sans jamais, ou presque, se mettre en scène. Le blanc de son costume, ce n'est pas pour se distinguer, c'est pour s'effacer. Invisible, transparent, il n'est plus que *la phrase* qui relie tout cela, comme le Zoether des spiritistes, la force vitale, immatérielle, qui relie toutes choses. Sa vie sur la ligne, et son identité : le langage.

Il y a quelque chose de diabolique dans *Acid Test*, comme dans toute son œuvre (avec son fedora et sa canne, Wolfe m'a toujours fait penser à Louis Cypher, le Satan joué par De Niro dans *Angel Heart*). Diabolique, immédiatement, par sa vista, la puissance de sa prescience, sa capacité à comprendre, *au moment même où ça se déroule*, tout ce qui s'origine ici, en Californie (une idée que je reprends dans *Monsieur Amérique*), l'importance séminale du LSD et de sa rencontre avec la tech, le rock, et la jeunesse. Tout s'invente ici : metaverse, bodyverse, xenogender, space race, music, movies, imax, sfx, fitness et sex, sex, sex, computers, interfaces, hypertextes, la matrice, blue pill *vs* red pill… tout vient de là.

Mais diabolique aussi parce qu'il applique à la lettre le programme luciférien de la littérature, que je détaille dans *Luxifer* : d'abord parce que si Dieu est le verbe, Wolfe, devenu pur être de langage, lui fait subir les derniers outrages en le triturant dans tous les sens. Ensuite parce que si le Diable est celui qui pousse à la célébration de l'ego pour mieux le dissoudre, Wolfe s'en donne à cœur joie, d'un livre à l'autre. À ce titre, *Moi, Charlotte Simmons* est sans doute l'une des œuvres les plus radicales (et les plus radicalement *littéraires*) jamais écrite, en ce qu'il y fait voler en éclats le fondement même de la culture américaine et, au-delà, de la civilisation occidentale : l'individu. Quarante ans après *Acid Test*, le constat est sans appel : si l'individu n'existe pas, ce n'est pas parce que nous sommes tous connectés dans un grand bain cosmique d'amour intersubjectif. C'est simplement que nous sommes le jouet de nos synapses et de nos hormones, soumis aux lois imparables de la sociobiologie et des neurosciences.

Alors il ne reste plus qu'à rire, du grand rire du Diable, et il faut reconnaître que sa dernière blague est sans doute celle qui a le plus de panache. Dans *The Kingdom of Speech*, son essai sur les origines du langage, non content de s'attaquer aux deux icônes de la gauche américaine, Noam Chomsky et Darwin (oui, aux States, le darwinisme est de gauche, car il s'oppose au créationnisme que la droite conservatrice veut enseigner dans les écoles), il fait de la parole le propre de l'humain, la seule chose qui nous distingue radicalement de toutes les autres espèces, mais surtout il en fait une *arme fatale* – la seule qui nous ait permis d'asservir le monde, de le dominer, le transformer, de potentiellement le détruire et nous détruire, et il semble nous dire : j'en suis le maître incontesté.

Put your life on the line.

Nicolas Chemla a signé deux essais et deux romans, *Monsieur Amérique* (2019) et *Murnau des ténèbres* (2021), finaliste du prix Renaudot.

Norman Mailer

par Clarisse Gorokhoff

Aéroport JFK, New York – 17 avril 2022, 21 h 36

Plus que deux jours. Dans trois, ce sera trop tard. Y aura pourtant pas mort d'homme. L'homme en question ne vit plus depuis longtemps. Lorsqu'il a poussé son dernier souffle, à l'hôpital Mount Sinai de New York, le 10 novembre 2007, il avait 84 ans, j'en avais 18 et j'ignorais tout de lui.

Nous sommes le 17 avril 2022. C'est le dimanche de Pâques et je n'ai plus qu'une poignée d'heures pour convoquer l'essentiel et le mettre en forme. Mais l'essentiel est colossal et précisément informe. Il s'agit d'une vie, d'une œuvre, d'un destin. Et c'est la vie, l'œuvre et le destin d'un ogre, une créature *bigger than life* qui dévore tout : le savoir, les femmes, les idées, le monde. Et qui recrache tout ça sous forme d'opinions éclatantes, enfiévrées, et souvent radicales. Je n'ai plus que deux jours pour écrire au sujet d'un « monstre » de la littérature américaine du XXe siècle. Un monstre irrésistible, que j'ai découvert à 22 ans, et dont la virtuosité excessive a fait jaillir en moi le meilleur du pire (et vice et versa).

Je ne me suis pas rendue à New York pour écrire cet essai, mais ça tombe bien, j'y suis. Et ici, il est un peu partout, surtout à Brooklyn, mosaïque couleur brique de racines et d'histoires. Chaque année, quand l'envie me prend, je monte dans un avion à destination de New York, et je n'y reste jamais moins d'un mois. Cette ville est bien plus qu'un lieu. C'est un espace-temps, précisément hors de l'espace et du temps. À New York, les réponses me trouvent plus que je ne les cherche. Et elles répondent à des questions cruciales. La vie, la mort, l'amour (rien que ça). La liberté, le sens de la vie (tout ça...). J'y croise chaque jour des gens intenses, romanesques, j'y découvre des vies désaxées, des histoires désarmantes, qui me parlent aussi de moi – de ce que je crois être moi. À New York, tout est à la fois un peu en biais et infiniment plus solide. Comme tous les déracinés, les exilés existentiels et les nomades invétérés, je m'y sens chez moi. C'est une ville où la notion de destin a du sens. Et celle de folie une portée autre qu'invalidante. À New York, il y a des êtres qui ne meurent jamais, et des monstres qui vivent pour toujours.

Après avoir humé les parfums en *duty free*, je m'installe à l'un des nombreux bars de la zone d'embarquement et j'ouvre mon ordinateur pour commencer à écrire ce texte.

— J'espère que vous vous rendez dans un endroit sympa.

Il est assis à ma droite. Son sourire est trop large pour être cordial, trop spontané pour être dragueur. Il doit avoir 30 ans à tout casser, ses cheveux bruns sont noués en chignon, il porte des bijoux en or, comme les rappeurs.

— Pas vraiment. Je rentre à Paris.

— Oh, Paris ! Quelle ville merveilleuse !

Je me retiens de lui expliquer à quel point je trouve ma ville natale mesquine, geignarde et étriquée.

— Et vous, vous allez où ?

— Chez moi, à Rome. J'enterre mon père. Il est mort ce matin.

Il répond cela sans se départir de son étrange et grand sourire. Je me concentre sur son regard pour y déceler, je ne sais pas moi, peut-être un chouïa de tristesse mal barricadée. Je referme mon ordinateur. Je comptais sur ces quelques heures avant mon vol pour commencer et achever ce texte sur Mailer. Tant pis, je me rattraperai dans l'avion.

Il s'appelle Raul. Il est en effet rappeur. Moitié italien, moitié péruvien, et très mystique. Je lui demande s'il a une photo de son père. Il se met à en chercher une sur son téléphone.

— C'était un ermite. Il vivait seul avec ses plantes et il écoutait du reggae toute la journée.

Il me montre un homme barbu et âgé qui ressemble à Hemingway (tous les vieux barbus ressemblent à Hemingway). Norman Mailer adorait Hemingway. Il comparait son style à la beauté d'une jeune femme qui pénètre dans une pièce et attire tous les regards. « Le style d'Hemingway a la capacité de frapper les jeunes écrivains au ventre, et ils ne sont plus les mêmes après cela. » Qui n'a jamais rêvé de n'être plus le même grâce à une vision étincelante ?

— Quels sont tes trois mots préférés ?

Raul me pose cette question avec beaucoup de sérieux – et toujours cette fente horizontale sur son visage. Chaque jour, il dresse la liste des mots qui l'inspirent. Aujourd'hui, c'est « récalcitrant » et « fané ».

— Et toi ?

Il insiste. J'aime bien cette question pourtant. En tant qu'écrivaine, je me la pose souvent. Mais là, je suis incapable de penser à quelques mots précis. Il y en a tant que j'aime, qui m'émeuvent, qui m'intriguent, qui m'obnubilent, qui me déboussolent, qui me font rire. Tant et tant… Presque autant que des hommes. Mais je les aime parce que je les associe à d'autres mots, ou bien à des êtres, des concepts, des rêves…

Je ferme les yeux, comme pour convoquer une formule magique. Le regard bleu vif de Mailer surgit dans mon esprit, son rire caustique éclate. Il est là, avec moi depuis plusieurs semaines, son aura, son espièglerie… C'est une compagnie agréable, étrangement pleine de vie.

— Shenanigans, je murmure.

Raul répète le mot en détachant chaque syllabe. Magouilles, manigances… Oui, il est d'accord, c'est un bon mot.

— Ça sonne comme une formule magique. Et puis c'est mélodieux, ça donne envie de danser.

On rit, conscients de l'absurdité de cet échange. Tout ce qui est étrange et étranger, la plupart du temps, nous est particulièrement familier – et irrésistiblement chaleureux.

Le barman, un Latino d'une soixantaine d'années qui semble apprécier maugréer, pousse nos verres vers nous. Un Negroni pour Raul, une Blue Moon (bière locale) pour moi. On trinque. Raul boit cul sec. Dans quelques minutes, il doit embarquer pour Rome – son père, la mort, les adieux.

— Panache !

Ses sourcils s'arquent.

— Mais oui, voilà, c'est ça, mon mot préféré !

— Je lui explique avec des gestes sans doute exubérants ce que ces deux syllabes pour moi signifient. Mais d'abord je lui offre un deuxième verre, en hommage à son père. Pour ne pas remuer le couteau dans la plaie, je m'exclame :

— À Bob Marley !, légèrement honteuse de ne citer que la grosse cavalerie du reggae (que j'aime pourtant sincèrement).

— Alors, c'est quoi « panache » ? me demande Raul, les lèvres rougies par le Campari.

— Le panache, c'est une manière…

— Une manière de quoi ?

— D'être en vie. C'est un style, si tu préfères.

— Quel style ?

— Une désinvolture. Tiens, j'adore ce mot aussi. Une désinvolture qui n'est pas de la nonchalance pour autant, encore moins du je-m'en-foutisme, au contraire.

— Tu aurais un exemple précis ?

Je réfléchis, mais pas bien longtemps. J'entends sa voix chuchoter avec exaltation :

— Le panache, c'est moi, enfin, voyons !

— Si c'était un être humain, ce serait sans doute un écrivain. Ce serait Norman Mailer.

Je suis contente. J'ai réussi à le caser dans cette conversation impromptue. La culpabilité de ne pas être en train de plancher consciencieusement sur ce papier se dilue alors un peu. Comme quoi, quand je veux, je peux. Concilier l'utile à l'agréable – l'agréable étant l'incongruité de cette rencontre et l'effet langoureux de la bière dans mon sang. Le sourire de Raul se fait perplexe. Mailer, connaît pas. Je lui demande s'il aime la boxe. Il hoche la tête. Et Mohamed Ali ? Il adore.

— Ce type est bien plus qu'un sportif, c'est un grand artiste !

Je lui recommande alors de lire *Le Combat du siècle*. Ce livre, c'est le panache au carré. Le panache de Mohamed Ali qui affronte George Foreman en 1974 au championnat mondial de boxe poids lourds à Kinshasa, au Zaïre, dans une ambiance survoltée au milieu de 68 000 spectateurs. Et le panache de Norman Mailer qui relate cette confrontation avec une élégance et un brio sans pareil. Quand il l'aura lu, il n'aura plus aucun doute sur ce qu'est le panache. Raul est content, deux Negroni plus tôt, il n'aurait jamais pensé découvrir un auteur et se faire une nouvelle amie. Je souris. J'hésite à reprendre une bière. Et à lui dire qu'il se trompe : je ne suis qu'une infime percée dans la trame de sa vie. Les rencontres d'aéroport sont des oasis dans le désert, des illusions de frontières. En revanche, Mailer, lui, c'est tangible. Ce sont des pages d'hilarité, de réflexions insolentes, parfois loufoques, mais la plupart du temps percutantes et ciselées, dont on ne se remet jamais tout à fait, dont on sort comme d'un tournoi de boxe. Les organes ébranlés, le sang échauffé. Il se pourrait que, pour Raul, Norman devienne un pilier occasionnel, allié existentiel, comme il l'a été pour moi dix ans plus tôt, lorsque j'ai ouvert mon premier livre de lui.

Consciente que cette illustration demeure quelque peu viriliste, j'ajoute que si le panache était une femme, ce serait Marilyn Monroe, du moins à certains moments de sa vie. Marilyn qui, toute de perles et de peau, chantonne d'une voix langoureuse « Happy birthday Mister President », le 19 mai 1962, devant un parterre de regards rivés sur elle, dont celui de John Fitzgerald Kennedy. Nue sous les cristaux, la star brise la glace et les codes. C'est insolent et irrésistible. C'est le panache. Raul me regarde, les yeux éberlués, comme si Marilyn en personne s'adressait à lui, assise sur le tabouret en cuir fatigué du bar de la porte d'embarquement 32. Aujourd'hui, John Kennedy est dans sa tombe depuis des lustres, Marilyn aussi, et JFK est désormais l'acronyme d'un aéroport où des rencontres se trament et des histoires se trouent. Quant à Monroe, elle est partout. Partout où elle n'a rien à faire : des vignettes, des tasses, des tabliers, des calendriers. Mailer au moins aura tenté de la sauver de l'ère du plastique en lui prêtant une voix d'âme et de chair. Dans *Mémoires imaginaires de Marilyn Monroe*, écrit en 1981, Mailer s'est glissé dans la peau de la fausse blonde au regard poignant et a imaginé ses pensées, ses doutes, ses rêves, ses errances psychiques et ses espoirs métaphysiques. Ce n'est pas son plus grand livre mais je l'ai aimé, profondément, car c'est bouleversant et vertigineux de prêter sa voix à quelqu'un dont le monde entier a volé tout le reste.

— Pour moi le panache, c'est à la fois la grâce et le coup d'éclat. Et ça n'a rien à voir avec le succès ou la beauté au sens classique, je dis. On peut être un *loser* et avoir du panache, on peut être un vaincu et être flamboyant.

Raul hoche la tête, il m'écoute avec une curiosité si intense qu'elle me désarçonne un peu. Je sens que le panache lui plaît mais qu'il n'arrive pas encore bien à saisir. Il se demande si on naît avec du panache, ou si on l'acquiert, si on en a en permanence ou par intermittence. Très bonnes questions. Mais d'abord, je recommande à notre barman dont l'oreille furtive fait presque partie de notre conversation, une Blue Moon. Raul regarde sa montre. Il a un sourire contemplatif, presque béat, qui subitement m'attendrit. Pourquoi je lui parle de tout ça ? Il vient de perdre le seul homme responsable de sa présence sur Terre. Comment fait-il pour sourire autant aujourd'hui ? Peut-être qu'il le faut justement. Sourire deux fois, trois fois, mille fois plus, pour les vivants et pour les morts. Je lui souris également. Dans quelques minutes, il s'en ira, montera à bord d'un avion, direction la Ville éternelle. Je sais que je ne le reverrai jamais et je sais aussi que je n'oublierai pas cette rencontre, cette conversation entre chiens et louves. Il faut que je lui dise. Ce que je pense là, en cet instant précis, du panache.

— Perdre son père un beau matin, et boire un Negroni le soir même avec une inconnue avant de survoler l'océan… le tout en souriant… Ça, c'est du pur panache.

Raul me présente sa main pour que je tape dedans. Il enfile sa veste. Avant de s'en aller, il demande au barman :

— Vous croyez en quoi, vous, monsieur ?

— En quoi ?

L'homme marmonne un truc incompréhensible, apparemment peu convaincu par l'existence de Dieu – ou pas encore frappé par Sa grâce –, et s'empresse de retourner la question au jeune rappeur comme on se débarrasse d'un truc brûlant.

— Je crois en moi, c'est tout, répond Raul d'une voix étonnamment assurée.

Il a l'air à la fois très joyeux et très triste en disant cela. Puis il se lève, me prend dans ses bras et s'en va. Toujours en souriant – ah, ce sourire, je crois que c'est lui qui a fait toute la conversation. J'aime les rencontres des aéroports, qui n'ont pas plus de réalité qu'un rêve, une oasis dans le désert, ou un trou blanc dans l'espace-temps.

Je rallume mon ordinateur, ouvre une page Word vierge. Il faut que je raconte ma soirée d'hier, chez John Buffalo Mailer, le neuvième et dernier enfant de Norman Mailer.

C'était le 16 avril, la lune était pleine et rose, et Buffalo fêtait ses 44 ans. À cette occasion, il a organisé une fête chez lui à laquelle il m'a gentiment invitée alors que, cinq jours plus tôt, il n'avait pas la moindre idée de qui j'étais.

Je lui avais envoyé un message pour savoir s'il était possible de le rencontrer afin de parler de son père, que j'admirais depuis des années. Il avait accepté. Nous nous sommes rencontrés pour la première fois le 13 avril à 16 h 30, dans un restaurant italien de Midtown West. Il faisait beau et chaud ce jour-là. J'étais un chouïa en retard, mais Buffalo n'a rien remarqué, il sirotait un martini-vodka avec un ami en terrasse. Il m'a accueillie avec un immense sourire, comme celui d'un ami de longue date heureux de me retrouver. C'est la fameuse sympathie américaine, que la plupart des Français trouvent superficielle, voire hypocrite, mais que pour ma part je trouve très appréciable – bien plus que la froideur suffisante de mes compatriotes. Si une voix providentielle m'avait annoncé dix ans plus tôt que je siroterais un martini en plein après-midi avec le fils de Norman Mailer, je me serais dit : « *My life rocks !* » Et cet après-midi-là, sous le soleil de Manhattan, légèrement pompette, je me dis, en écoutant cet homme chaleureux et plein d'esprit, que malgré tout (les guerres, l'absurdité, le désespoir, le néant, la grisaille…) la vie vaut la peine d'être vécue. Elle est tellement inattendue qu'elle en devient drôle, et même charmante.

Buffalo me demande pourquoi j'ai décidé d'écrire sur son père. Je lui raconte comment, à 22 ans, alors que je vivais à Istanbul, dans un pays fascinant mais essentiellement dominé par la testostérone, j'ai découvert son père. Mon meilleur ami turc, Kerem, passionné de littérature américaine, m'avait offert *Un rêve américain*. Ce fut comme une succession de gifles qui font circuler le sang et ouvrent grand les synapses.

Un homme terrible, terriblement drôle, drôlement pathétique. Rojack tue sa femme, il la balance par la fenêtre. C'est atroce, épouvantable. Et pourtant, il parvient à être drôle, et même attachant. Comment se fait-ce ? Est-ce ça, la littérature ? Le rebrousse-poil des inclinaisons et des sentiments ? Juste après avoir jeté Deborah par la fenêtre, Rojack confie calmement : « Un bain de chagrin brûlant, et je me sentis propre. J'allai jusqu'au téléphone, composai le 0, demandai : "Quel est le numéro de la police ?" La standardiste me dit "Juste une minute, je vous le donne." J'attendis huit longues sonneries pendant que mes nerfs se balançaient comme un clown sur une corde, et une cacophonie de voix humaines monta les dix étages qui me séparaient de la rue. » J'ai eu ce jour-là mon premier vrai grand frisson d'effroi et de subjugation. J'ai rencontré ce jour-là mon premier grand anti-héros. Mailer, qui es-tu ? Comment oses-tu ? Je ne vais pas te lâcher de sitôt. J'ai poursuivi, enchaîné les pages, les livres, les affronts, les envolées, et parfois, aussi, les merveilleuses accalmies.

Mailer, par son style virtuose et nerveux, son sens de la provocation, son ironie cinglante, m'a procuré à cette époque l'aplomb nécessaire pour naviguer avec plus d'aisance dans l'existence. Il m'a aidée à m'affranchir, et surtout, il m'a confirmé une chose dont j'avais toujours eu l'intuition mais qui ne demandait qu'à être gravée dans l'incandescence des mots : la vie est un jeu, une cour de miracles et de récréation. Il faut tenter des coups, s'amuser, s'extasier. Il faut être un peu endiablé, frénétique, un peu fou, sinon, c'est simple, « *we miss the whole journey* », comme dirait Buffalo, qui trouve qu'on vit dans une époque désespérante de prudence et de frilosité.

Cet après-midi-là règne une agréable insouciance à Manhattan, du moins entre nos verres et nos éclats de rire. La foule grouille autour de nous. Parmi elle, certains visages ont l'air normaux, d'autres louches, mais nous savons tous deux très bien que ce ne sont pas toujours les seconds les plus dangereux, loin de là. La veille, il y a eu une attaque dans le métro de Brooklyn. Un mec a tiré sur les passagers, faisant 23 blessés et (par miracle) aucun mort. C'est New York. C'est la vie…

Puis vient le moment où, je ne sais pas pourquoi, je me sens obligée de lui poser une question qui fait « sérieux », une question de journaliste. Je demande alors à Buffalo quelles valeurs son père, qu'il considérait également comme son meilleur ami, lui a essentiellement transmises. Il évoque la liberté, bien sûr, puis très vite mentionne l'empathie.

— C'est impossible, dit-il, d'être un écrivain et plus généralement un artiste sans la capacité de se mettre à la place des autres.

Je suis bien d'accord. Et cette capacité est avant tout un désir un peu étrange et douloureux, car souvent se mettre à la place des autres signifie se glisser, autant qu'on le peut, dans leur vie, leurs rêves, leurs fêlures… Mais ça reste magique, et peut-être même démiurgique. C'est comme être Dieu, sans la mégalomanie. C'est une toute-puissance absolument impuissante.

— C'est ce que votre père faisait si bien. Dans *Of Women and their Elegance*, il s'est glissé dans la peau de Monroe, dans sa fragilité et sa force insoupçonnée. J'ai adoré ce livre, autant que j'adore cette femme.

Buffalo hoche la tête en soupirant.

— Et dire qu'on l'accuse si souvent de misogynie.

C'est vrai qu'en 1960 Norman Mailer a poignardé sa femme, Adele Morales, lui ôtant presque la vie. Mais ça, nous n'en parlons pas. Ce qui m'intéresse le plus chez Mailer, ce sont les hommes et les femmes qu'il a voulu être et pas tant l'homme qu'il a été.

Bar de la porte d'embarquement 32
– Aéroport JFK, New York

Une silhouette s'approche de moi. Je lève les yeux. Raul, ses bijoux dorés, son sourire inamovible.

— Mon avion a un peu de retard, dit-il.

Il s'installe sur le même tabouret et, je ne sais plus comment, nous parlons de Jung, des synchronicités, puis des lettres hébraïques et de leur portée cosmique. Cette rencontre n'est pas un rêve. Dans quelques minutes, Raul et moi serons dans le ciel et nos trajectoires créeront des sillons dans la nuit noire. Rome et Paris sont des grimoires, New York est l'encre de l'histoire. Cette fois-ci, il part pour de bon, dernier appel avant l'embarquement. Je reprends mon texte. Mailer, son fils, la rencontre du 13 avril.

— Mon père t'aurait adorée ! s'exclame Buffalo à la terrasse du Mamma Mia. Vous avez quelque chose en commun. Le charisme peut-être. Vous êtes intenses.

Je me sens rougir, je balbutie un remerciement qui fait sans doute dégringoler mon prétendu charisme. Je sais que tout ça est exagéré, qu'on navigue un peu dans la flagornerie. Je suppose qu'il me trouve plutôt charmante et qu'en tant qu'homme intelligent, il a saisi ce que rêvais d'entendre. Je ne mérite pas d'être comparée à cet immense écrivain, mais peut-être qu'il a raison, nous avons des fréquences existentielles un peu similaires lui et moi (à défaut du talent).

— D'ailleurs, ajoute Buffalo, j'ai l'impression que je parle avec lui, en ce moment. Comme si tu étais sa réincarnation en jeune femme française.

La plupart du temps, les compliments me semblent convenus et me mettent mal à l'aise, mais celui-ci me donne envie de reprendre un martini et de danser debout sur la table. Il me met littéralement en joie. C'est exactement ce que je m'étais dit en le lisant pour la première fois, dix ans auparavant, à Istanbul : si j'étais un homme, sans doute serais-je comme lui. Après *Un rêve américain*, j'ai enchaîné avec son chef-d'œuvre pour lequel il a reçu le prix Pulitzer en 1980, *Le Chant du bourreau*. 1 300 pages de densité psychologique, une gifle existentielle. C'est l'histoire de Garry Gilmore, criminel qui exigea son exécution durant des années et qui fascina l'Amérique. Encore une fois, un anti-héros, encore une fois un être qu'on devrait détester sans y arriver. Comme le dit Christine Marcandier dans un article dans Diacritik : « Mailer fait de Gilmore le symbole complexe et polyphonique d'une certaine

Amérique, de son rapport ambigu à la violence, à la peine de mort, au châtiment et à la rédemption. » Ce livre m'a aidée à explorer la vie, la mort, l'amour. Et à affronter leurs vertigineuses ambiguïtés.

16 avril 2022 – Brooklyn

C'est mon dernier jour avant mon retour à Paris et je suis invitée à un barbecue puis à la soirée d'anniversaire de John Buffalo Mailer. Le barbecue a lieu dans une maison de Greenpoint. C'est une sorte de réunion d'écrivains, à laquelle j'ai été conviée par mon ami écrivain Matthew Binder, une sorte de (jeune et sexy) Houellebecq américain. Là-bas, je parle de Mailer avec tout le monde, un verre de rosé à la main. Je balance son nom en souriant, pour voir ce qu'il suscite parmi de jeunes écrivains, à l'ère de la *cancel culture* et du wokisme. Matthew me susurre que le grand type tout vêtu de jeans qui se trouve à quelques mètres de nous a justement écrit une biographie romancée de Mailer. Il s'agit d'Alex Gilvarry, un New-Yorkais de naissance eurasienne. Je me dirige droit vers lui. Je ne sais plus exactement comment j'amorce le sujet, je crois que je fais ça façon Mailer, sans ambages (si mon essai avait été sur Edith Wharton, aurais-je mis plus de formes ?).

— Vous avez écrit sur Mailer ? Qu'est-ce qui vous fascine chez lui ?

Ses yeux s'illuminent. Norman est un personnage autant qu'un écrivain. Il pourrait d'ailleurs être un personnage de Balzac. Il est plein de paradoxes, d'ambivalences, d'extravagances. Il est tout à la fois un merveilleux et terrible écrivain, me dit Alex. Il me confie aussi avoir préféré éluder l'épisode de Morales et du coup de poignard. Ah, tiens, pourquoi ça ? À ce moment-là arrivent Matthew avec nos verres remplis, ainsi qu'Alexandra Kleeman, la femme de Gilvarry, auteure en vogue. La conversation se transforme en une sorte de débat tout ce qu'il y a de plus courtois.

— Je n'arrivais pas à avoir de l'empathie pour Mailer à ce niveau-là, j'ai préféré l'occulter.

Je lui parle de mon amie, l'écrivaine Brigitte Benkemoun, qui a écrit sur Dora Maar dans un style documentaire très réussi, et qui a justement fait le choix d'évoquer ses difficultés à sympathiser pour son sujet, notamment à la fin de sa vie quand Maar sombre dans l'aigreur et l'antisémitisme.

— N'est-ce pas le rôle de l'écrivain que de se confronter à ces parts d'ombre et de les rendre accessibles ? D'en faire le miroir des zones d'ombre du lecteur ? »

Matthew est d'accord avec moi, mais plus parce qu'il pense qu'on vit dans une époque trop mièvre, et même un peu chochotte, où tout le monde a un pet de travers – sinon un traumatisme. Mais peut-être qu'Alex Gilvarry avait envie, ou besoin, de s'emparer d'une figure paternelle et qu'il n'a pas réussi à tuer le père sous ses mots. Ça se respecte. Toutes les névroses sont dans la nature – et font la littérature. Puis une brise, une blonde arrive, on change de sujet, on se disperse. Je commande un chauffeur pour retrouver mon amant Josh au Fifty Henry, un bar non loin de la soirée de John Buffalo Mailer qui vit à quelques mètres de la maison de son père, dans Columbia Street.

Là-bas, au 11e étage d'une résidence privée et aseptisée, je guette les signes, les murmures, les détails… Mais non. Rien. La soirée n'a rien de mailerien. Les gens sont chaleureux, les cocktails sont bons, la musique est joyeuse. À aucun moment on ne sent poindre l'éclat de rire sarcastique de la violence et de la mort. Hormis quelques photos de l'écrivain et de sa dernière épouse, la belle Norris Church, rien, dans l'atmosphère, ne me rappelle mes premiers émois littéraires, mes grands anti-héros qui m'ont secoué le cocotier et fait frissonner. C'est une soirée de notre époque : lisse, agréable, sans coup d'éclat. Je ne sais pas encore que le lendemain je m'évertuerai à expliquer à un jeune rappeur tout juste orphelin de père ce qu'est le panache. Je pense savoir ce que c'est, mais je ne vois pas très bien où, de nos jours, il se niche. Je repense à cette phrase de saint Augustin au sujet du temps : « Si personne ne me demande ce qu'est le temps, je sais ce qu'il est ; et si on me le demande et que je veuille l'expliquer, je ne le sais plus. » Panache. Ne me demandez pas, je ne le saurai plus. Je le retrouverai, un jour.

Avant de quitter la soirée, Buffalo me présente à un ami de son père, Chris Napolitano, un homme d'une soixantaine d'années, anciennement rédacteur en chef de *Playboy*.

— Ah ! c'est vous, la version féminine de Norman Mailer ? Enchanté !

Quelques secondes plus tard, une femme blonde d'une cinquantaine d'années se retourne vers moi et s'exclame :

— Oh ! Vous ressemblez à un Botticelli.

Yin. Yang. Madone au regard éthéré. Écrivain à la verve survoltée. Yang. Yin. Vénus dans les cieux. Polémiste irrévérencieux. Pourquoi diable choisir quand on peut être à la fois tout et son contraire ? Pourquoi trancher quand on peut plaire et déplaire ?

L'idée me plaît, d'avoir en moi un faux macho, une vraie fêlée, un vieillard attendrissant, une femme enfant, un peu de Jésus, de Marilyn, de Picasso et toute une série d'individus qui ne sont ni bons ni mauvais, mais bruts et tendres, en miettes et flamboyants, drapés de rires et de larmes. Oui, je suis sans doute tout ça. Avec ou sans panache. Et vous aussi. Humains trop humains – rien de moins.

Née en 1989, **Clarisse Gorokhoff** est déjà l'auteure de trois romans : *De la bombe* (2017), *Casse-gueule* (2018) et *Les Fillettes* (2019).

John Irving

par Gilles Marchand

Bien souvent c'est aux libraires que l'on doit la rencontre avec un écrivain. C'est important de saluer les passeurs.

Ma rencontre avec John Irving je la dois précisément à une ancienne libraire. Appelons-la Cécile puisqu'il s'avère que c'est son nom. Cécile, donc, partageait à l'époque la vie d'un de mes amis que nous appellerons Julien (il s'avère également que c'est son nom).

À l'époque, je ne connaissais rien à la littérature contemporaine et je savais à peine placer Marguerite Duras sur une carte (et encore, grâce au corps enseignant qui avait eu l'heureuse idée de mettre *Moderato Cantabile* sur mon chemin et à Jean-Jacques Annaud qui avait porté *L'Amant* sur grand écran).

À l'époque, je ne connaissais rien de l'Amérique. J'y avais certes fait un court séjour, mais si l'on ajoute à cela quelques films, de la musique (et encore, exception faite des Doors, mes goûts me portaient plutôt vers les sixties britanniques) et *Les Raisins de la colère*, on est dans le mieux que rien mais pas de beaucoup.

À l'époque, ma vision de l'Amérique se résumait à peu de chose près aux Doors, Clint Eastwood et Tom Sawyer (et encore…).

Récapitulons : je ne connaissais pas grand-chose à la vie. J'étais jeune, insouciant, les cheveux au vent, prêt à partir à la conquête de Paris.

Mais pourquoi ai-je attendu aussi longtemps avant de m'intéresser à la littérature contemporaine ? La réponse tient en trois mots : faculté d'histoire. J'avais cette espèce de culpabilité qui faisait que, lorsque je lisais autre chose qu'un manuel d'histoire, j'avais l'impression de perdre de précieuses heures d'études (il faudrait que je réfléchisse à la raison pour laquelle je n'ai jamais culpabilisé en jouant ou en écoutant de la musique).

Après cinq années à étudier l'histoire, je me suis rendu à l'évidence : je ne lisais plus de littérature. L'*Iliade*, l'*Odyssée*, très bien, j'ai adoré. Aristophane, j'ai fait semblant d'aimer parce que je trouvais que ça faisait bien, que ça me donnait un genre. Tocqueville, indéniablement très intéressant. Saupoudrons cela avec du Michelet, du Braudel, du Duby, du Bernstein, du Milza et du Veyne… Vous imaginez que, lorsque j'ai ouvert *Le Monde selon Garp*, ça m'a fait une drôle de sensation de vertige…

Nous sommes donc en 1999, le siècle s'apprête à finir plus ou moins tranquillement. On craint certes le bug de l'an 2000, Paco Rabanne prévoit la chute de la station Mir sur Paris pendant une éclipse de soleil… Mais l'équipe de France de football est championne du monde, alors tout va bien. C'est l'époque du Black Blanc Beur, de *Matrix*, *Eyes Wide Shut*, *La Ligne rouge* et du *Buena Vista Social Club*, Zebda fait tomber la chemise, M nous dit aime, Britney Spears demande *Baby On More Time* (ce qui lui fut accordé, me semble-t-il). Bref tout est en ordre.

C'est dans ce contexte que je quitte l'université et que je demande à Cécile une liste de cinq livres à lire. Je ne fais pas durer le suspense plus longtemps. Voilà cette liste : *La Femme changée en renard* de David Garnett, *Mademoiselle Else* d'Arthur Schnitzler, *L'Amour au temps du choléra* de Gabriel García Márquez, *Chambre obscure* de Vladimir Nabokov et donc, le voilà, enfin, on y vient, nous n'avons que trop tourné autour : *Le Monde selon Garp* de John Irving. L'honnêteté intellectuelle qui ne va pas être la plus grande qualité de ces pages, autant vous avertir tout de suite, me pousse à préciser que je n'ai aucun souvenir de l'ordre dans lequel j'ai lu ces livres.

Faisons un bond dans le temps et revenons en 2022, au cours d'une soirée organisée autour de la traduction de Gorian Delpâture d'un roman de Ray Manzarek (*Le Poète en exil*). Nous sommes à l'Attrape-Cœurs, chaleureuse librairie de Montmartre. Quelqu'un s'approche de moi et me demande, au détour d'une phrase, quels sont les écrivains américains qui m'ont marqué. Le nom de John Irving arrive assez vite dans la conversation. Sans que je m'en rende compte, le piège s'est déjà refermé, je viens d'accepter d'écrire un texte sur l'Américain.

Oh, my God (mon anglais assez limité me laisse penser que c'était l'occasion ou jamais de placer cette expression).

Comme le dit l'adage, choisir, c'est renoncer. J'aurais pu parler de McCarthy, de Brautigan, de Rhinehart, de Steinbeck, de Banks, de Kerouac, de London ou de Tully. Ou encore des trois étoiles filantes, David Foster Wallace, Tristan Egolf et John Kennedy Toole. Mais c'est Irving qui sort en premier. Inutile d'en chercher trop longtemps la raison. C'est parce qu'il marque mon entrée dans une forme de lecture récréative adulte. L'expression est moche mais me paraît assez fidèle au fond de ma pensée. John Irving doit être l'un des tout premiers écrivains que je me suis « éclaté » à lire, une fois adulte.

Je dois ici indiquer au lecteur de ces lignes un point important : je n'ai aucune mémoire. Ou plutôt devrais-je écrire que mon cerveau est encombré de tout un tas d'informations tout à fait dispensables. Un fatras où surnagent à tour de rôle de nombreux souvenirs de famille, de musique, de joie et de peine. À peine ai-je achevé la lecture d'un livre que j'en oublie la fin. Et concernant mes livres cultes, c'est la même chose. *L'Amour au temps du choléra*, je serais même incapable d'en raconter l'histoire. *Lolita*, ça va encore, mais j'ai vu récemment l'adaptation cinématographique de Kubrick, ça a forcément joué. *Chambres obscures*, rien. *La Femme changée en renard*, le titre est suffisamment évocateur. Quand un ami écrivain qui sait que j'ai lu son livre me parle de l'un de ses personnages en l'appelant par son prénom, je suis toujours persuadé qu'il me parle d'un ami à lui.

Je serais bien en peine de raconter ces livres, néanmoins je garde en moi des souvenirs profonds des émotions que j'ai ressenties à leur lecture. Je sais quels sont les livres que j'ai adorés (c'est la moindre des corrections à l'égard du talent de leurs auteurs). Je me souviens du souffle, de l'amplitude de l'histoire, je peux me souvenir de l'endroit où j'ai lu ces livres. De ce point de vue-là, je garde un peu de rancœur à l'égard de mon cerveau : pourquoi se souvenir de l'endroit où on a lu un livre et ne pas se souvenir ce qu'il raconte ? Est-ce qu'il ne serait pas envisageable d'inverser ?

Il y a une quinzaine d'années, *La Découverte du ciel* de Mulisch m'avait littéralement emporté. Une histoire d'amitié, d'amour et de destinée. Je me souviens qu'il y était question d'étoiles ou d'astronomie. Et que la fin m'avait laissé circonspect (je peux dire ici qu'elle m'avait un peu déçu). Mais quel livre incroyable. Autour de mille pages que j'avais lues avec avidité, qui m'avaient emporté quelque part, là-bas aux Pays-Bas.

Peut-être êtes-vous en train de vous dire que je vais parler de tout sauf de John Irving. Tout laisse à penser que vous avez raison. Or je suis, et je tiens à insister sur ce point, quelqu'un d'assez consciencieux.

Au moment de me lancer dans ce travail, cinq possibilités s'offraient à moi.

Discourir dans un grand flou, rester vague, cultiver le mystère, trouver de jolis mots adaptables à n'importe quel chef-d'œuvre. Évoquer des émotions mouvantes, le choc littéraire, « une claque », pour reprendre une expression à la mode. Aller fureter sur les réseaux à la recherche de quelques analyses bien senties que j'aurais pu m'approprier.

Me plonger dans la bibliographie de John Irving. Tout lire ou relire, jusqu'à ses interviews.

Demander John Irving en ami sur Facebook et tenter de lui soutirer quelques informations inédites.

Faire croire que John Irving m'avait demandé comme ami sur Facebook et raconter à quel point cette admiration mutuelle était plaisante.

Me replonger dans *Le Monde selon Garp* et tenter de comprendre ce qui s'était passé au cours de cette année 1999 où je découvrais cette écriture.

John Irving, je vous présente le lecteur, penché au-dessus de ces lignes, le sourcil légèrement relevé et circonspect.

Lecteur, je vous présente John Irving. Il est né la même année que Paul McCartney. Sur un autre continent puisque c'est dans le New Hampshire que l'écrivain a vu le jour en 1942. Pour vous situer, c'est dans le nord-est des États-Unis, coincé entre l'océan Atlantique et le Maine à l'est, le Vermont à l'ouest, le Québec au nord et le Massachusetts au sud. Montagnes et forêts, lieu idéal pour s'isoler dans un chalet et bâtir une œuvre qui restera durablement. (Autant dire que, en 1999, le New Hampshire, je n'avais pas la moindre idée de l'endroit où cela pouvait se trouver.)

La devise de l'État est *Live Free or Die*, « Vivre libre ou mourir », qui ferait un bandeau assez cohérent sur n'importe quel livre d'Irving. La liberté, la mère de John s'y est essayé avec courage puisqu'elle a refusé de dévoiler le nom du père de l'enfant, ce qui, dans son milieu, ne se faisait pas tellement. John a pris le nom du beau-père arrivé quelques années plus tard. Nul doute que l'émancipation des femmes, si présente dans ses livres, trouve ici ses racines. C'est à Exeter que John (nous résisterons à l'envie de le nommer « le petit Johnny ») grandit, préférant la pratique de la lutte gréco-romaine aux bancs de la faculté. Il part quelques mois en Autriche avant de revenir aux États-Unis pour débuter sa carrière littéraire. Un premier livre paraît, *Liberté pour les ours !* Un deuxième, *L'Épopée du buveur d'eau*. Un troisième, *Un mariage poids moyen*. Le succès n'est pas au rendez-vous. Quelques centaines d'exemplaires trouvent acheteurs. C'est avec le quatrième qu'il va faire une entrée fracassante dans le paysage littéraire. *Le Monde selon Garp* (*The World According to Garp* en VO) paraît en 1978. John Irving a alors 36 ans.

J'ai donc fini par reprendre le livre. J'ai passé la préface que John Irving a écrite en 1998, et la présentation de Pierre-Yves Pétillon, pour plonger directement dans les mots de John Irving traduits par Maurice Rambaud : « La mère de Garp, Jenny Fields, fut arrêtée en 1942 à Boston, pour avoir blessé un homme dans un cinéma. » Voilà un bon démarrage. On n'est pas là pour barguigner, on attaque directement au couteau et on veut en savoir plus. Il faudra néanmoins attendre quelques pages pour connaître la raison de cette arrestation. Il faudra également attendre quelques pages avant de faire la rencontre de Garp.

Partons du principe que tout le monde n'a pas lu *Le Monde selon Garp* (hypothèse dingue mais, privilège de l'écrivain, je m'autorise cette licence). De quoi s'agit-il ? Pour faire bref, c'est l'histoire d'un écrivain, TS Garp, que l'on suit de sa conception à sa mort et de sa mère Jenny, infirmière « sexuellement suspecte » (c'est le titre de son best-seller). Jenny élève son fils dans l'infirmerie d'un collège. Alors que Garp a à peine commencé à expérimenter sa sexualité, mère et fils décident de s'exiler quelques mois en Europe, à Vienne (tout lien avec la vie de John Irving n'est pas fortuit). C'est là que Jenny écrit le livre autobiographique qui la rendra célèbre. De son côté, Garp peine à démarrer son premier texte, écrasé par l'écriture de sa mère que rien ne semble pouvoir arrêter, et désireux de parfaire sa connaissance de la concupiscence en fréquentant les prostituées de beaux quartiers (mais pas que).

À leur retour aux États-Unis, Jenny devient une figure du féminisme, entourée d'une foule d'admiratrices aux dévotions parfois un peu oppressantes, notamment les Ellen-Jamesiennes (membres d'une association qui décident de se trancher la langue pour rendre hommage à Ellen-James qui s'est fait violer et trancher la langue par ses tortionnaires pour qu'elle ne puisse pas les dénoncer).

Garp connaît de son côté un succès somme toute assez modeste. Il se marie avec Helen, qu'il courtisait depuis de nombreuses années et avec qui il aura trois enfants. Helen travaille à l'université, tandis que lui veille à la bonne tenue du foyer, tout en continuant de-ci de-là à travailler à ses romans. Pour résumer, ils ont un jardin, des enfants, quelques aventures extra-conjugales et une voiture dont il faudrait réparer le levier de vitesse.

Je dois avouer que, plus que les thèmes portés par Irving dans ce roman et qui sont loin d'être anodins (les violences faites aux femmes, le féminisme, les minorités sexuelles, le droit à l'avortement, la haine sexuelle, l'intolérance sexuelle... D'ailleurs, ce qui frappe à la lecture, c'est à quel point il aurait pu être écrit en 2020 ; il est d'une modernité assez déconcertante), c'est l'écriture d'Irving qui m'a impressionné en 1999. Je ne suis pas un spécialiste, je ne suis pas critique littéraire, je suis malhabile lorsque je dois définir un genre littéraire, mais si je devais définir *Le Monde selon Garp*, je serais assez d'accord avec ceux qui le qualifient de comédie noire et baroque. Quelques pages suffisent pour se rendre compte qu'il s'agit d'un livre assez fou.

Par exemple, John Irving n'est pas du genre à vous dire que la ville s'appelle Steering au détour d'une phrase. Bien au contraire, il va nous expliquer en une page ou deux l'origine du nom de la ville (la ville tire son nom d'Everett Steering, « constructeur de bateaux dans un village dont le seul lien vital avec la mer était une rivière condamnée ») ainsi que son histoire (la rivière était effectivement condamnée et a fini par s'envaser totalement). Quelques pages plus loin, Irving évoque le gymnase Seabrook, le stade Seabrook et les patinoires de hockey Seabrook. Et le voilà parti à nous raconter la vie de l'athlète Miles Seabrook, « as de la chasse aérienne pendant la Première Guerre mondiale », qui donna son nom à ces lieux.

C'est ici qu'il faut noter une différence essentielle entre John Irving et ce vieil oncle que l'organisateur du mariage où vous étiez invité cet été a jugé utile de placer à vos côtés. John Irving vous raconte ces mille choses annexes dont vous n'avez *a priori* que faire… Mais cela vous passionne et vous en redemandez ! « Eh, John, mon ptit Johnny, tu ne voudrais pas nous dire dans quelle rue le professeur de lettres de Garp habite ? Et au passage, tu nous expliques pourquoi elle s'appelle comme ça ? Et tu en profites pour nous raconter l'histoire de la famille de l'enseignant ? »

Peut-être est-ce la question de l'écrivain qui est au cœur de ce livre. Aujourd'hui encore, je ne saurais définir avec précision ce qu'est un écrivain. Un styliste, un conteur, un homme avec une chemise blanche au col amidonné assis lascivement sur un canapé de velours ?

Je n'ai pas d'indication sur l'aménagement intérieur de la maison de John Irving et ne jurerais pas qu'il n'a pas de grand canapé en velours, mais une chose est certaine, son art est là : raconter, raconter et raconter encore. Entrelacer les récits les uns dans les autres, les enchâsser à la manière de poupées russes. Dans chaque histoire, une histoire. Et à l'intérieur, une autre histoire.

Comme si cela ne suffisait pas, il introduit dans son récit les nouvelles écrites par TS Garp ! Et prenons l'exemple de la première nouvelle que l'on découvre dans *Le Monde selon Garp*, *La Pension Grillparzer*... Dans ce texte, une histoire s'intègre dans l'histoire lorsqu'un « diseur de rêves » raconte dans la salle à manger de ladite pension le récit de soldats et de chevaux qui viennent hanter les nuits d'un couple.

De la même manière, quand Garp raconte une histoire à l'un de ses fils pour l'endormir, Irving en profite pour la raconter à son lecteur. Et là encore, il pousse le fil narratif au point de nous offrir plusieurs versions possibles de cette histoire.

Et puis, avouons-le, il y a quelque chose de l'ordre de l'effusion. Chez Irving, ça gueule, ça saigne, ça mord, ça pète, ça meurt, ça jouit. Ça explose, quoi. Et on se demande toujours comment ses livres ne débordent pas. On a l'impression qu'il organise tout cela comme un père ou une mère de famille remplit le coffre d'une voiture au moment du départ en vacances. Il y a quelque chose de quasi scientifique. Une espèce de

Tetris littéraire dont on voit la folie de l'auteur, pour lequel on se demande comment il a réussi à tout faire entrer et dont on serait bien en peine de reconstituer l'architecture exacte si d'aventure on s'amusait à tout reprendre au début. Et pourtant, ça déborde et ça en met partout.

Le Monde selon Garp est une comédie baroque, écrivais-je plus haut. On se représente John Irving comme un gamin à qui on laisse mettre la main dans le pot de confiture. Il y enfonce tout le poignet avec un regard de chenapan (je prends la peine ici d'indiquer au lecteur que j'ai tout à fait conscience du côté inusité de ce mot, néanmoins, je le trouve tout à fait approprié).

Et puis si j'ai choisi de parler d'Irving, c'est qu'il doit y avoir certainement quelque chose de personnel. Il y a des livres dans lesquels on se retrouve un petit peu. Garp, par exemple est terrorisé à l'idée qu'il arrive quelque chose à ses enfants lorsqu'ils sortent de chez lui. Il a peur en particulier des automobilistes qui roulent trop vite dans le lotissement dans lequel sa famille habite (il imagine régulièrement ses enfants fauchés par des chauffards, le crâne ouvert sur le bord de la route). D'ailleurs son personnage est tellement terrorisé à cette idée qu'il écrit une nouvelle où son double fictif poursuit également les voitures qui circulent trop vite (un récit dans un récit qui ressemble à une mise en abîme que je ne préfère pas analyser, j'aurais trop peur de me perdre ou de devenir trop sérieux).

De ce point de vue-là, je ne sais pas ce qu'en pensait le lecteur que j'étais à l'époque de ma première lecture. En revanche, au moment où s'achève ma deuxième lecture du roman, je suis père de deux enfants. Et je suis ce genre de père « garpien » qui dit à son fils de 17 ans, de bien regarder à droite et à gauche avant de traverser une rue. J'ai cette trouille ancrée en moi. Je ne trouve pas le sommeil avant de recevoir le sms « bien arrivé ».

La question qui me turlupine en écrivant ces lignes est : John Irving aurait-il inoculé en moi le virus du papa qui flippe ? Et plus largement, serais-je devenu garpien ?

(Je passe rapidement en revue les principaux traits de caractère de Garp et n'y vois rien de foncièrement inquiétant. Il est écrivain, légèrement obsessionnel, mais plutôt ouvert sur le monde.)

Lorsqu'on me pose la fameuse question : Quel est le livre qui a changé votre vie ?, je suis bien en peine d'y répondre. Il y a des livres qui m'ont fait pleurer, qui m'ont marqué. Mais qui ont changé ma vie ? Serais-je devenu scientifique explorateur si j'avais été plus sensible à l'écriture de Jules Verne ? Me serais-je orienté vers les métiers de la cambriole si j'avais été séduit irrémédiablement par la plume de Maurice Leblanc ? Aurais-je opté pour les voix de la plomberie si j'avais frémi à la lecture de *La Plomberie pour les Nuls* ?

Alors que j'ai toujours pensé qu'aucun livre n'avait jamais changé littéralement ma vie, mais que beaucoup m'avaient nourri et avaient contribué à faire de moi l'homme et l'écrivain que je suis, me voilà à présent pris d'un doute. Est-ce que je n'aurais pas hérité des phobies de ce roman de John Irving ? Aurais-je été ce père angoissé si je n'avais pas lu les délires de Garp au sujet de ses enfants ? Est-ce que mon sens même de la paternité est lié à celui de Garp ? C'était peut-être l'un des premiers livres que je lisais où la paternité joue un rôle important.

Quand on discute du *Monde selon Garp*, on évoque toujours le féminisme, la place des femmes, et le fait qu'il était très en avance sur son temps. On dissèque les rapports compliqués entre Jenny et son fils, et l'on passe toujours rapidement sur la relation que le narrateur entretient avec ses fils (il faudrait peut-être que je lise les deux préfaces pour voir si je n'écris pas de bêtises).

Alors que la fin de ce texte approche, des questions m'assaillent.

En tant qu'homme : *Le Monde selon Garp* a-t-il fait de moi quelqu'un de plus féministe ? M'a-t-il fait changer ? Étais-je un terrible machiste avant de lire ce livre ?

En tant qu'écrivain : Ai-je été sensible à ce livre parce que j'avais déjà ce goût de l'exagération, du baroque ? Dois-je tout à ce livre ? Par ailleurs, les personnages de *La Pension Grillparzer* pourraient tout à fait faire une apparition dans l'un de mes romans. Est-ce que cela signifierait que je ne suis pas seulement influencé par John Irving, mais par son personnage lui-même... Avouons que ça devient vertigineux. Finalement, est-ce que j'existe vraiment ? Ne serais-je pas plutôt une digression ou un chapitre coupé d'un roman de Garp ? Vous me direz, c'est toujours mieux qu'une note de bas de page, mais tout de même, ce serait un coup rude porté à mon amour-propre.

J'arrive à la fin de ce texte sans savoir si j'aurais mieux fait de demander John Irving comme ami sur Facebook. Ces lignes vont être publiées dans un recueil consacré aux écrivains américains. Je ne crois pas avoir parlé d'Amérique. Ou alors peut-être inconsciemment de mon fantasme d'Amérique, ce continent où tout était possible. J'ai quitté cette bonne vieille Europe et je suis allé voir ce qui se passait du côté des États-Unis. Je n'y ai pas croisé de cow-boys mais j'y ai rencontré la famille Garp. Un sacré dépaysement qui symbolise peut-être ce moment où je suis passé de mes lectures de jeunesse à mes lectures d'adulte. Ce moment où je n'avais plus peur du nombre de pages et où j'ai appris à considérer la littérature avec gourmandise. Finalement, c'est peut-être tout simplement cela, le secret de John Irving : un rapport gourmand aux histoires.

En tant qu'écrivain, il n'est pas impossible que je lui doive mon goût pour les digressions, mon désir de mêler l'humour et le tragique. Peut-être également que j'ai trouvé chez David Meulemans, mon éditeur, quelque chose d'éminemment irvinien. Passionné par la littérature américaine, il se pose en passeur d'histoires, en artisan du mot. Sur chacun des livres qu'il publie, il écrit : « Selon la légende, Vulcain a forgé le bouclier de Mars, le trident de Neptune, le char d'Apollon. Dans l'assemblée des dieux, il n'est certes ni le plus fort, ni le plus beau ; mais parce qu'il a donné aux autres le moyen de leur puissance, il est le plus nécessaire. » Aucun doute, Vulcain ferait un magnifique sujet pour John Irving parce que ses héros ne sont jamais les plus beaux mais force est de constater qu'ils sont nécessaires.

Alors bien sûr, je n'ai évoqué qu'un seul livre. Inutile de préciser que, en 1999, je m'étais précipité sur les suivants. *L'Hôtel New Hampshire* (traduit par Maurice Rambaud et publié en 1981), *L'Œuvre de Dieu, la Part du Diable* (traduit par Josée Kamoun et publié en 1985), *Une prière pour Owen* (traduit par Michel Lebrun et publié en 1989), *Un enfant de la balle* (traduit par Josée Kamoun, publié en France en 1998). Et puis… Je ne l'ai plus lu. Sans que sache pourquoi. C'est terrible de n'être plus lu. Si je me trouvais face à lui, oserais-je le lui dire ? « Ah, au fait, j'ai adoré vos livres mais j'ai arrêté de vous lire. Comme ça, sans raison. » La vérité, c'est que j'ai depuis rencontré d'autres littératures, d'autres écrivains, d'autres voix. Celle d'Irving m'a marqué. Et pour rédiger ces lignes, j'ai été heureux de me replonger dans *Le Monde selon Garp*, vingt ans après ma première lecture. Et je sais que je reviendrai à Irving. On revient forcément à Irving. Vous ai-je dit que je l'avais lu il y a plus de vingt ans sur les conseils d'une amie ?

Né en 1976 à Bordeaux, **Gilles Marchand** est romancier, nouvelliste et éditeur. Il est notamment l'auteur des romans *Une bouche sans personne* (2016), prix Points du meilleur roman, *Un funambule sur le sable* (2017), *Requiem pour une apache* (2020), *Le Soldat désaccordé* (2022), et des nouvelles *Des mirages plein les poches* (2018), prix du premier recueil de la SGDL.

Laura Kasischke

par Delphine Bertholon

L'un des périls que je rencontre fréquemment s'appelle « Laura Kasischke ». Les adolescents devant lesquels j'interviens posent toujours cette fameuse question : « Quels sont vos écrivains préférés ? » Laura figure en bonne place et les élèves, intrigués, demandent que l'on écrive son nom au tableau. La première fois que je m'y suis collée, j'étais pétrie de sueurs froides à l'idée de faire une faute, comme lorsque M. Jublot, mon prof de maths au collège, m'envoyait résoudre une équation à trois inconnues. J'en suis donc venue à inventer un moyen mnémotechnique : cassis-cherche-kiwi. Depuis, ça va mieux !

Bref, tout cela pour dire que j'aime Laura *à ce point*.

Je l'ai pourtant découverte sur le tard, à plus de 35 ans. À l'occasion de *Grâce*, mon quatrième roman (un drame familial sur fond de maison hantée, avec du « transgénérationnel inconscient » à tous les étages), j'ai croisé de nombreux libraires. De plus en plus souvent, ce nom étrange revenait dans les conversations, le patronyme dur et sifflant, pareil au souffle d'un spectre, le prénom doux, cinématographique – celui de l'adolescente, énigmatique et morte, dans le *Twin Peaks* de David Lynch.

« Votre travail, ça m'évoque Laura Kasischke. »

« Vous, vous devez aimer Laura Kasischke ! »

« On vous a déjà parlé de Laura Kasischke ? »

Chaque fois, honteuse et rougissante, j'avouais ne l'avoir jamais lue. N'en avoir même jamais entendu parler, à l'époque – en grande amatrice de littérature américaine, je me demande bien comment j'avais pu passer à côté ! Pour autant, après cette tournée, je ne me décidais toujours pas à la lire. Était-ce la prescience d'un choc majeur qui m'effrayait ? L'esprit de contradiction ? Grâce aux libraires, je venais d'apercevoir l'une des romancières les plus marquantes de mon existence… mais, à ce moment-là, je ne le savais pas encore.

Août 2013

Mon nouveau roman vient de paraître, *Le Soleil à mes pieds* : l'histoire de deux jeunes sœurs, en tous points opposées, mais liées par un traumatisme d'enfance. Un récit de mort et de secret, d'emprise et de solitude. De résurrection, aussi. Une fois encore – je le comprendrai plus tard –, de grands thèmes « kasischkiens »...

À la faveur d'une balade que j'espérais relaxante, angoissée comme toujours en période de parution, j'ai aperçu dans la vitrine d'une librairie ce nom qui, sans que j'en aie tout à fait conscience, avait commencé à me hanter : *Esprit d'hiver* venait, lui aussi, de sortir. Je n'avais plus le choix : les signes étaient trop nets, à commencer par l'oxymoron formé par nos deux titres. Je suis entrée, pour une fois n'ai pas flâné comme à mon habitude, n'ai même pas cherché mon propre livre sur les tables (avec le temps, j'ai appris à ne plus m'infliger cette quête souvent déçue) : je me suis dirigée en piqué vers Laura. Je sais bien que c'est bizarre mais – juré, craché – j'en avais le cœur battant.

En quittant la librairie, je me suis assise à une terrasse de café. Je lis exclusivement aux terrasses de café, été comme hiver… et cela aura son importance.

Il faisait très beau. Une brise tiède, réconfortante, traversait Paris. Les aoûtiens mollement réintégraient la ville tandis que les touristes bouclaient leurs valises, quelque part dans des hôtels cossus de Saint-Germain-des-Prés ou de minuscules Airbnb du onzième arrondissement. Nous étions donc bien loin d'un « esprit d'hiver », mais j'ai lu le roman d'une traite. En une seconde, c'était Noël dans la maison de Holly. C'était tous ces invités qui n'arrivaient pas, bloqués par la tempête. C'était cet inquiétant iPhone, omniprésent tel un personnage à part entière, qui cherchait à fendre le blizzard. C'était Tatty, l'adolescente aux faux airs de Blanche-Neige, qui agissait ce jour-là en dépit du bon sens.

« Cela les avait suivis jusque chez eux ! »

« C'était quelque chose que Holly avait su, apparemment, au plus profond de son cœur, ou de son inconscient ou quel que soit l'endroit où ce genre d'information se terre à l'intérieur d'une femme, à son insu, pendant des années, jusqu'à ce qu'un événement lui fasse prendre conscience qu'elle a oublié, ou refoulé, ou… »

Dès la deuxième page, j'étais foutue.

En rentrant chez moi à la nuit tombée, mue par l'obsédante question du « bon sang, mais qui est cette fille ?! », j'ai cherché Laura sur Internet. Je voulais connaître les traits de son visage, savoir où elle était née, quand, si nous étions de la même génération comme mon intuition me le laissait penser – mais, après tout, j'aurais naïvement pu croire, en la lisant pour la première fois, que Joyce Carol Oates avait mon âge, étant donné la modernité de son œuvre. L'édition du texte, chez Christian Bourgois, ne donnait pas d'information biographique, ne présentait aucune photographie de l'auteure.

Née en 1961, moi en 1976. Une légère maturité d'avance, que j'ai trouvée rassurante. Aussi brune que je suis blonde, elle a comme moi le nez rond. Des yeux bleus, d'une clarté et d'une intensité dont je suis jalouse, si grands qu'ils pourraient appartenir à un personnage de dessin animé. Elle a vu le jour dans le Michigan, qu'elle n'a presque jamais quitté, tout comme je n'ai jamais quitté la France, ce petit pays plus étroit qu'un État. Attachée à sa terre, à ses racines, à son enfance ? Casanière, elle aussi ? Trop sombre à l'intérieur pour risquer de perdre ses repères ? Je ne sais pas, je suppose, me projette. Déjà, j'invente Laura Kasischke, crée des ponts entre nous. Je ne vérifie pas, ne cherche pas à en savoir davantage, ne lis ni ne regarde aucune interview. Kasischke reste un mystère, un double fantasmé qui, à elle seule, occupera bientôt un pan entier de ma bibliothèque.

Je connais son visage, cela me suffit.

Je sais qu'il peut être dangereux de rencontrer ses idoles.

Bien des années après, dans le superbe *Amérique des écrivains en liberté*[1], je lirai : « Je m'attache dans mes écrits au monde physique, et j'aime l'idée que ce monde fait entièrement partie de moi. Mes romans se nourrissent des saisons et des paysages de la région où je vis, et il est donc crucial que je vive à l'endroit où se situe mon récit. »

---

1. Jean-Luc Bertini et Alexandre Thiltges, *Amérique des écrivains en liberté* (2016). Toutes les citations de Laura Kasischke sont issues de cette interview.

J'ai pensé à mon éditrice fétiche, qui me taquinait au sujet de mon obsession pour la véracité météorologique et les heures passées sur des sites d'archives à tenter de m'approcher de la vérité. « Enfin, Delphine, tu ne fais pas du documentaire ! Qui va aller vérifier le temps qu'il faisait le 8 mars 1981 dans le Beaujolais ?! » Peut-être parce que la météo a une grande influence sur mon état psychique, c'est important pour moi. Et puis, je suis attachée à ce genre de détails. L'authenticité de ce genre de détails me semble entériner la *vérité* même de la fiction. Dans le même entretien, un peu plus loin, une autre réflexion de Laura me fera sourire : « J'ai essayé d'écrire un scénario, mais je ne suis vraiment pas faite pour ça, parce que ce qui m'intéresse, c'est le temps qu'il fait ou les paysages… Quand on écrit un scénario, il faut se coltiner toutes sortes de "Salut, Joe, alors, comment ça va aujourd'hui ?", ce qui ne m'amuse pas du tout. »

J'ai moi aussi ôté pour l'instant ma casquette de scénariste, en partie pour cette raison-là : raconter le temps qu'il fait est, en littérature, un bonheur indicible.

Quoi qu'il en soit, à l'époque, j'avais donc brisé là mon *stalking* virtuel, mais poursuivi la lecture de ses romans. Tous, et TOUT DE SUITE. Un tunnel Kasischke. Comme beaucoup, je suis de nature monomaniaque : quand j'aime un auteur, j'ai tendance à lire l'intégralité de son œuvre. Néanmoins, l'opération prend souvent des années. Avec Laura, j'ai lu tout ce qui existait en quelques mois, à la chaîne et dans l'ordre chronologique – insufflant un mouvement inverse, une sorte de flash-back puisque j'avais commencé par son roman le plus récent. Je crois que j'avais eu, d'instinct, envie d'assister à l'évolution de son travail dans le temps.

Dix ans plus tard, *Esprit d'hiver* reste mon préféré. Comme un premier amour, bouleversant, idéalisé. Cristallisation stendhalienne, ou quelque chose comme ça. Je l'ai lu plusieurs fois mais, toujours, il me fait le même effet.

J'avais donc enchaîné avec *À Suspicious River*, traduit par Anne Wicke. Je suis malheureusement incapable de lire dans le texte (et je remercie vivement ses différents traducteurs d'avoir porté la voix de Laura jusqu'à moi).

Je me souviens d'avoir passé mon temps à recopier des phrases dans un carnet Moleskine. On m'a parfois reproché mon goût immodéré des figures de style et autres métaphores : celles de Kasischke sont inquiétantes, animales, organiques – et, dans ce texte-là, particulièrement nombreuses. J'apprendrai qu'elle se revendique avant tout poétesse ; qu'aux États-Unis, à la différence de la France, sa poésie est davantage reconnue que son œuvre romanesque. Peut-être parce qu'il s'agit de son premier roman, *À Suspicious River* est le plus atmosphérique, le plus strictement « poétique ». Le plus érotique, aussi. Viscéralement charnel. Quoi qu'il soit, j'avais envie de hurler, triomphante : « Ah ! Si Laura peut abuser des images, moi aussi ! »

Je ressentais un délicieux mélange d'admiration, de jalousie et de connivence. Pour la première fois, le mot « sœur » m'est venu à l'esprit.

« J'ai vu un rang de perles rouges, comme des dents de bébés ensanglantées, qui pendaient doucement au rétroviseur. »

« [...] la peau du ciel, fine et bleutée comme celle d'un poignet de femme. »

« [...] la rivière semblait gonflée et rapide, comme quelqu'un qui s'enfuit en courant, un seau d'eau froide et noire à la main. »

« L'arbre de Noël clignote comme les feux de détresse d'une voiture en panne. »

« La dentelle qui borde les manches de mon pyjama me gratte. Tout à fait coquet, pourtant. Un petit rien bordé de minuscules dents pointues qui me grignotent la peau. »

« Nos langues se sont mêlées en une nage nuptiale de reptiles aquatiques. »

(Oui, j'ai fouillé mes tiroirs – et le fameux Moleskine, je l'ai retrouvé !)

J'explique souvent aux adolescents que je rencontre qu'à leur âge j'adorais l'analyse de texte et l'exercice du « commentaire composé ». Traquer les champs lexicaux et les symboles cachés me donnait l'impression de mener une enquête : je me sentais comme Sherlock Holmes. Bien entendu, ils me regardent chaque fois d'un air consterné, ce qui m'amuse beaucoup. Mais force est de constater qu'à l'époque, avec un texte de Kasischke, je me serais éclatée ! Au lycée, l'auteur que j'aimais le plus décortiquer était Baudelaire, en particulier *Les Fleurs du mal*. Leurs thématiques sont proches, finalement : la beauté, la nature, la mélancolie. Le corps, la putréfaction, la mort. Des motifs opposés intriqués, tissés ensemble pour rendre la trame d'un univers sensible, aussi enchanteur qu'effrayant, sur lequel planent d'insondables menaces. Un gigantesque oxymore, en fait.

J'ai souvent entendu dire : « Kasischke, sa puissance, ce sont ses fins. » Je suis d'accord… et pas d'accord. Bien entendu, j'ai commencé à la lire avec un roman qui se termine sur un formidable *twist*. Mais, à mes yeux en tout cas, les fins de Kasischke tiennent moins d'une dramaturgie de thriller que de l'expression d'une violence intime, sourde, souterraine. La fin d'*Esprit d'hiver* n'est que l'aboutissement du malaise nébuleux ressenti par Holly depuis son réveil ce matin de Noël – « Quelque chose les avait suivis depuis la Russie jusque chez eux. » Outre la force d'évocation de son écriture, ce qui me touche n'est pas tant la pertinence de ses dénouements que la justesse psychologique de ses personnages. Le chemin sinueux qui mène jusqu'au déni, ou jusqu'au congélateur…

Tout d'elle résonne en moi. Mais si mon sentiment de proximité est si fort, cela tient probablement à l'omniprésence de la figure de l'adolescente (ou de la très jeune femme) empruntée par son versant le plus sombre. À son goût pour les relations mère-fille complexes – amour/haine/fascination/mystère. À son exploration des secrets de famille, tapis dans les angles morts des maisons pimpantes.

Aux auteurs d'*Amérique*, elle raconte : « Dans le quartier où j'ai grandi, à Grand Rapids, on accordait beaucoup d'importance à l'apparence et à l'impression – forcément superficielle – que l'on pouvait donner. Les rues étaient très propres et tout le monde tondait scrupuleusement sa pelouse. Mais en allant chez mes amis, je me suis vite aperçue que toutes ces familles cachaient de terribles secrets, de véritables histoires d'horreur. Et ces secrets, aussi insidieux que malsains, me semblaient nettement plus intéressants que ce qu'on pouvait voir à la surface. »

Laura écrit des poèmes et des nouvelles dès l'école primaire, utilise ses souvenirs d'adolescence pour nourrir ses fictions (dans *La Couronne verte*, notamment). Elle s'intéresse à la psychanalyse et à la psychogénéalogie, évoque souvent Freud, admire David Lynch, lit des bouquins sur les fantômes et les phénomènes paranormaux.

SISTER !

J'ai commencé à écrire très jeune, mais je n'ai jamais été attirée, moi non plus, par les « jolies histoires » – ni comme apprentie-auteure, ni comme lectrice. Nos univers seraient-ils apparentés parce que nous avons la même sorte de caractère ? Le même genre de trajectoire personnelle ? Peut-être a-t-on simplement été bercées par les mêmes images ?

Je me perds en conjectures. Je suppose, j'imagine. Je nous *synchronise*. Plus je la lis, plus Laura devient elle aussi un personnage de fiction. Je ne suis pas certaine que l'idée lui plairait… Mais peut-être que si ?

Bien sûr, moi, cette Amérique des pavillons parfaits qui, sous leurs surfaces lisses et miroitantes, suintent la pourriture, le drame et le mensonge, je l'ai découverte grâce au cinéma. *Le Lauréat*. *Twin Peaks* et *Blue Velvet*. *Edward aux mains d'argent*. *American Beauty*. *Virgin Suicides*. *Donnie Darko*. Les films de Gregg Araki – qui adaptera brillamment *Un oiseau blanc dans le blizzard* (*White Bird*, 2014), transposant l'action dans la Californie des eighties.

Laura, elle, a grandi *à l'intérieur*.

Pour l'anecdote, mon tout premier « roman », rédigé vers l'âge de 15 ans sur une vieille machine à écrire (c'est dire ma motivation !), racontait l'histoire d'une adolescente adoptée qui rêvait d'assassiner sa petite sœur, une enfant biologique venue sur le tard. L'héroïne était belle, trouble, glaciale et vénéneuse. Le manuscrit s'appelait *Méduse* – en référence à la Gorgone, capable de pétrifier n'importe quel mortel d'un simple regard. Tout un programme. D'emblée – et c'est le moins qu'on puisse dire – j'étais donc bien plus fascinée par les jeunes filles fatales que par les gentilles pom-pom girls. Ce n'était pourtant pas faute de regarder, comme tout le monde, *Sauvés par le gong* et *Beverly Hills* !

Laura explique : « Je ne me suis jamais dit de manière consciente que j'allais écrire des livres aussi violents, d'autant plus que, dans la vie, je suis une personne de nature plutôt gaie. Mais il est aussi vrai que je suis attirée depuis l'enfance par tout ce qui est noir. J'aimais voir le sang couler, sans vraiment savoir pourquoi ! »

Je tiens souvent un discours similaire, mais j'ai pour ma part quelques idées du « pourquoi ». Je me plais à imaginer que Laura aussi : nos pudeurs respectives nous empêchent d'en dire plus… Je travaille, je crois, à partir de ce qui me terrifie, tout en utilisant la part de vécu qui me semble la plus intéressante, c'est-à-dire l'adolescence – ce moment de pure métamorphose, où la féminité balbutiante éclôt, dans un mélange de vulnérabilité totale et de puissance absolue, ce que Kasischke a le don de saisir de manière remarquable. Cette période ne fut pourtant pas une partie de plaisir… Mais peut-être : *justement* ? À l'inverse de Laura, épouse et mère, quelque chose en moi a refusé de grandir : je suis restée cette gamine inquiète, facilement absorbée, si elle n'y prend garde, par sa propre noirceur. La fiction m'est donc un « double exorcisme »… Écrire ou devenir folle, en somme.

Comme beaucoup d'auteurs, je traverse des phases de doute et de découragement : je perds le goût de créer, le désir s'étiole dans de lancinants « à quoi bon », surtout en période de crise, *a fortiori* mondiale. L'ayant découverte tardivement, Laura est moins une influence stricte qu'une précieuse familière (même si ce « tunnel Kasischke » a certainement eu un impact sur mes romans suivants). Mais la lire ou la relire, c'est avoir immédiatement envie d'écrire à nouveau : son univers et sa langue ont été plus d'une fois capables de me remettre en selle. L'admiration que l'on voue au travail d'un artiste peut paralyser. Étrangement, celle que je porte à Kasischke me galvanise ; parce qu'elle stimule mon imaginaire, comme les films précités. Elle est ma super-héroïne, Wonder Woman des mots ; je la convoque pour me soutenir, pour m'apaiser, telle la sorcière que j'imagine. Elle vient de ce Midwest lacustre que je ne connaîtrai sans doute jamais autrement que par les romans et les salles obscures : je déteste l'avion.

C'est pourtant une hôtesse de l'air qui, il y a peu, est venue me sauver. Une hôtesse créée par Laura, cela va sans dire.

Mars 2020

Covid-19, premier confinement – sévère. Du jour au lendemain, les cafés en terrasse et les rencontres littéraires qui structuraient ma vie ne sont plus qu'un souvenir.

J'habite un appartement adorable, certes, mais relativement petit et bien sûr sans balcon. Mes amis vivent à l'autre bout de Paris, très au-delà du kilomètre autorisé par les attestations. Une sorte de dimension parallèle s'ouvre alors, dans laquelle je ne suis plus capable de rien, sauf de parler toute seule. Écrire est impossible, lire est impossible. Même regarder un film est devenu compliqué, vu le niveau zéro de ma concentration. Je reste cohérente en trouvant chaque jour (comme une mission) une bêtise à raconter sur Facebook pour détendre l'atmosphère. D'autres font la même chose, qu'ils soient auteurs ou non : ensemble nous survivons – une « littérature » en ligne, mue par l'ennui et nourrie par l'absurde.

Le second mois d'enfermement, juste avant de sombrer dans la folie ou la franche dépression, je repense à *En un monde parfait*. J'ai une mémoire de poisson rouge, mais je me souviens qu'il s'agit d'une histoire d'épidémie. Je sors le roman de ma bibliothèque… et, pour la première fois depuis des semaines, je réussis à lire plus de quelques lignes. Chose rare avec Kasischke, elle me fait rire d'emblée. J'avais oublié que le premier signe de l'apocalypse était matérialisé par la mort de Britney Spears : la blondinette incarne l'un de mes plaisirs coupables, au point qu'une amie facétieuse m'a offert un tote-bag sur lequel on peut lire : « Britney Spears changed my life. » Depuis, j'y trimballe mon ordinateur – ce qui, pour une romancière, n'est pas tout à fait anodin !

Dans le texte de Laura, paru dix ans avant la pandémie, il y a presque tout. Les *fake news*, la paranoïa, les avions cloués au sol, les frontières fermées, les réclusions. La nature qui reprend ses droits, le « Dr Springwell », figure tutélaire du charlatan médiatique qui entend sauver le monde à base de « bons conseils » et de vitamine D. Les courses au supermarché, seules sources de distraction dans une vie stoppée net. Le temps anormalement splendide pour un mois de mars. Une guerre un peu abstraite, comme une menace lointaine, mais un réchauffement climatique déjà très marqué. Les pénuries, alimentaires et autres (impossible d'oublier, dans la réalité, le « délire papier toilettes »). L'espoir d'un *monde d'après*, qui n'adviendra jamais.

« Au cours de cette période aussi brève qu'étrange, on avait entrevu la possibilité d'un mode de vie entièrement différent. Il s'agissait d'un bienfait collatéral à l'effondrement de l'économie, à la dévastation causée par la grippe de Phoenix. »

Et, je vous le donne en mille, l'adolescente de la famille se met au… jogging !

Définitivement, dans ses justes intuitions, Laura est une sorcière. Il est toujours troublant de voir à quel point certains auteurs pressentent le monde à venir, Laura et d'autres, même si sa manière de le faire m'émeut particulièrement. J'ai toujours rêvé d'écrire un roman d'apocalypse, mais je ne saurais pas comment m'y prendre. Elle a trouvé la solution : une fin du monde, certes, mais traitée depuis la sphère intime – le lent dérèglement du quotidien, de la nature et, bien entendu, des deux adolescentes en mutation autour de l'héroïne, ancienne hôtesse de l'air coincée avec ses trois beaux-enfants, tandis que son pilote de mari est « retenu » en Allemagne depuis des mois pour cause de quarantaine.

Du pur Kasischke.

Le pavillon lisse, le malaise diffus. La pourriture, l'absence et le chaos.

Quelques semaines plus tard, l'épidémie s'est apaisée : on nous a libérés, et j'ai recommencé à lire normalement.

À la terrasse des cafés.

Laura, en un monde réel et imparfait, je ne l'ai jamais rencontrée. Je ne suis pas certaine d'en avoir envie, et puis j'aurais trop peur d'être aussi godiche qu'avec Lionel Shriver, une autre de mes Américaines fétiches (quoique de manière très différente).

Je m'explique.

Octobre 2021, Salon du livre du Mans.

Je n'ai pas fait de manifestation littéraire depuis… *pffff*… un million d'années ? C'est, du moins, l'impression que j'en ai. Merci, la pandémie.

Je suis encore fragile. Solitaire de nature, réservée et sauvage, ces isolements forcés n'ont pas aidé mon caractère. Mais je retrouve, un poil hystérique, mes camarades écrivains, perdus de vue depuis un an et demi par la force des choses. La soirée du samedi nous semble surréaliste : une ancienne chapelle transformée en salle de bal, du champagne à foison, des gerbes de feu pour nous accueillir comme à la fin d'un épisode de « Koh-Lanta ».

Boots à paillettes, coupettes luisantes, mini-burgers.

Un vague sentiment d'*irréalité*, comme dans un roman de Laura Kasischke.

Je sais depuis des semaines que Lionel Shriver doit être présente : j'ai donc différé l'achat de son dernier roman, fomentant l'idée de me l'offrir à cette occasion avec une dédicace – en toute discrétion. Évidemment, champagne aidant, je raconte mon plan. « Lionel Shriver, quoi ! Lionel Shriver ! » Connaissant ma timidité légendaire, mes amis – bienveillants mais taquins – se liguent. Le lendemain, l'adorable attachée de presse de Belfond fait en sorte de me la présenter, « puisque j'ai entendu dire que tu étais fan ». Et me voilà devant Lionel, avec mon masque chirurgical, mon angoisse de lendemain de fête et mon anglais de troisième B, incapable d'articuler autre chose que : « *We need to talk about Kevin*, it's such a masterpiece ! » La honte, quoi. Peut-être a-t-elle trouvé cela mignon… J'en doute. Lionel, à l'image de ses personnages, n'est pas très chaleureuse. Cela dit, c'est pour cette raison que j'aime ses livres. Drôlissimes parfois, impitoyables souvent.

Et puis, je m'en fiche, après tout ! J'ai *Quatre heures, vingt-deux minutes et dix-huit secondes* dédicacé dans ma valise : il n'y a pas de petite victoire. Je suis honteuse mais heureuse, pareille à une gamine. Comme quand, à 11 ou 12 ans, je faisais dédicacer chaque année *$E = mc^2$ mon amour* à Patrick Cauvin au Salon du livre de Saint-Étienne, où habitait ma grand-mère. Lui était avenant, mais (et je le comprends si bien, aujourd'hui !) devait trouver bizarre cette fillette blonde qui passait dix fois par son stand, tremblante et écarlate. Une mini-psychopathe – un futur écrivain ?

Peut-être que les choses se passeraient mieux avec Laura ? Je n'en sais rien : ma timidité ne va pas s'envoler du jour au lendemain, ni mon anglais s'améliorer par l'opération du Saint-Esprit. Néanmoins, si j'avais un jour la chance d'être traduite outre-Atlantique, c'est à elle que je penserais en premier. Avec l'espoir fou que, peut-être, elle me lira. Que le mot *sister* lui viendra à l'esprit.

Oh ! Je sais bien qu'il s'agit là d'un rêve, d'une fiction que je me raconte. Le fantasme, après tout, n'est-il pas le propre de l'auteur ?

Ces dix dernières années, j'ai inventé Laura sous la forme d'une sœur. Une grande sœur protectrice, plus brillante et plus forte, de celles qui nous inspirent, nous poussent au dépassement et nous consolent du pire.

Sans rien en savoir, depuis l'autre bout du monde, cet amour sororal, Laura me l'a bien rendu.

Delphine Bertholon est romancière et scénariste. Elle est l'auteure de *Twist*, *L'Effet Larsen*, du très remarqué *Grâce* et, plus récemment, du *Soleil à mes pieds*, des *Corps inutiles*, de *Cœur-Naufrage* et de *Dahlia*. Elle écrit aussi pour la jeunesse (*Ma vie en noir et blanc* et *Celle qui marche la nuit*).

Bret Easton Ellis

par Alexandre Fillon

Je me souviens que c'est quelque part en 1986, l'année de mes 16 ans, que j'ai découvert le nom de Bret Easton Ellis.

Je me souviens d'avoir eu envie de lire *Moins que zéro* grâce à un article d'Éric Neuhoff dans *Madame Figaro* que ma mère achetait. Neuhoff, je savais déjà qu'on pouvait lui faire confiance. Comme à Michel Braudeau qui recommandait souvent les mêmes livres dans *Le Monde des livres* que mon père me gardait.

Je me souviens avoir été très tenté par cette histoire de garçons et de filles de 20 ans, d'ennui, de « style sans fioriture ».

Je me souviens qu'à la même époque Patrick Mauriès, autre passeur de confiance, évoquait dans *Libération* un « style sec, électrique », un « nouveau rigorisme, au moralisme aussi diffus que poisseux ». Ce qui, rétrospectivement, était sacrément bien observé.

Je me souviens que *Moins que zéro*, traduit par Brice Matthieussent, était publié chez Christian Bourgois éditeur. Maison qui a enflammé mon adolescence avec les traductions de livres de Richard Brautigan, John Fante, Antonio Tabucchi et de bien d'autres encore.

Je me souviens de la couverture de *Moins que zéro*. Une photographie de Los Angeles la nuit. Le bleu foncé du ciel. Celui scintillant de l'eau de la piscine. Le noir des arbres qui la bordent. Les lumières de la ville au loin.

Je me souviens d'avoir trouvé *Moins que zéro* étrange et dérangeant, incandescent et glaçant. À la fois fascinant et repoussant.

Je me souviens qu'à la relecture le premier roman d'Ellis n'a pas pris une ride. Qu'il semble plus que jamais ancré dans l'époque où il se déroule. Celle des radiocassettes et des lecteurs Betamax. Celle où on écoutait INXS, Psychedelic Furs, Duran Duran, David Bowie et les Go-Go's. Le narrateur, Clay, aura 18 ans à jamais. Dans une manière de journal intime, il rapporte le moindre détail de son retour à Los Angeles pour un mois, au moment des vacances de Noël. Chez sa mère, avec ses deux sœurs. Papa n'habite plus là, il s'est remarié et vient de s'offrir un lifting. L'affiche de promotion d'un album d'Elvis Costello, *Trust*, est restée accrochée dans sa chambre. Clay, tout le monde le trouve pâle. Le voici qui retrouve ses amis. Des gosses de riches de son espèce, avec des parents qui leur offrent des voitures luxueuses et ne s'occupent pas vraiment d'eux. Le jeune homme se rend à des fêtes à Beverly Hills, les conversations tournent autour de qui couche avec qui. Il fait du shopping, consulte un psychiatre qui bavasse trop, prend de la coke. On le sent en permanence absent et froid. Nostalgique d'un temps plus heureux. D'années dont la bande-son était signée Fleetwood Mac et Eagles.

Je me souviens qu'à la mort de Glenn Frey, le guitariste des Eagles, Bret Easton Ellis a affirmé que l'album *Hotel California* avait eu sur lui une influence aussi forte que celle de Raymond Chandler ou de Joan Didion.

Je me souviens que le tempo de Bret Easton Ellis s'est inscrit à jamais en moi. Que j'ai su d'emblée que j'allais lire à sa parution chaque nouveau livre de ce type au talent démoniaque.

Je me souviens qu'en version originale *Less Than Zero*, *Moins que zéro* a le même titre qu'une chanson d'Elvis Costello figurant sur l'album *My Aim Is True* de 1977.

Je me souviens que j'ai découvert la voix et l'écriture de Costello en entendant à la radio *Everyday I Write the Book* un jour de 1983 et que je n'ai jamais cessé de les admirer depuis.

Je me souviens qu'à l'époque je n'avais jamais entendu parler du groupe punk qui tient un rôle majeur dans *Moins que zéro*. X dont un morceau est reproduit en exergue du roman. X dont Clay croise les membres dans une boîte, le New Garage. X qui joue au Roxy et ressurgit dans les souvenirs de Clay au dernier paragraphe. X dont j'ai ensuite pris de plein fouet *Los Angeles*, acheté en CD des années plus tard après avoir retrouvé son nom dans *Les Coins coupés* (Grasset, 2001) de Philippe Garnier.

Je me souviens d'avoir vu l'adaptation cinématographique de *Moins que zéro* non pas en salle mais en cassette vidéo. Cassette louée au défunt Studio Vidéo tenu par Jean-Michel Bourdet, rue des Volontaires dans le 15e arrondissement, refuge pour curieux où l'on trouvait à la fois des films de Robert Bresson et de Mario Bava, des séries B ou X, et où l'on pouvait entendre Octobre, Chris & Cosey ou les Pale Saints. Le titre français, *Neige sur Beverly Hills*, n'était pas fameux. Le réalisateur, Marek Kanievska, avait déjà tourné *Another Country* que j'avais failli aller voir un mercredi après-midi avec mon père dans un cinéma de Montparnasse, un jour où nous nous étions finalement rabattus sur *Stranger Than Paradise* de Jim Jarmusch. Je me souviens que mon père avait dormi et m'avait dit en sortant que ça ne valait pas Godard et *Le Petit Soldat*.

Je me souviens de n'avoir pas trouvé ça terrible, *Neige sur Beverly Hills*. Le film n'a rien d'un chef-d'œuvre. Kanievska a centré l'action sur un trio amoureux, deux gars et une fille, en gommant l'ambiguïté sexuelle du roman. Andrew McCarthy s'en sort bien dans la peau d'un Clay arborant en permanence costume et cravate. Dans sa chambre d'étudiant, pas de poster d'Elvis Costello mais un de Husker Dü et l'affiche de *Recherche Susan désespérément* avec Madonna et Rosanna Arquette. Jami Gertz campe une Blair aux cheveux bruns d'abord frisés puis raides. Robert Downey Jr, lui, est un Julian qui s'enfonce dans la dope et transpire beaucoup. Le final est atroce mais on sauve un bon dialogue. Quand Clay conseille à des filles épouvantées d'appeler le plombier après que Blair eut jeté le reste de sa coke dans un évier !

Je me souviens que *Neige sur Beverly Hills* a une manière bien trop basique de s'emparer des décors d'Ellis, du monde qu'il peint, sans réussir un instant à faire entendre sa vraie musique. Question musique, les Bangles ont remplacé les Go-Go's, on entend tour à tour en arrière-fond Poison, Slayer, Aerosmith, LKJ, les Doors et Jimi Hendrix.

Je me souviens de ce que le magazine *Esquire* avait baptisé le « Brat Pack » en référence à Sinatra et sa bande, la « Nouvelle génération perdue ». Un prétendu groupe réunissant Bret Easton Ellis, Jay McInerney, David Leavitt et Tama Janowitz.

Je me souviens de *Journal d'un oiseau de nuit*, de *Quelques pas de danse en famille*, d'*Esclaves de New York*.

Je me souviens d'avoir dévoré avec une ferveur identique *Les Lois de l'attraction* (traduit par Brice Matthieussent, Christian Bourgois, 1988) dont la couverture reproduit des photographies de Laurie Anderson sur un écran de télévision. Dans l'exemplaire que j'ai toujours, recouvert d'un papier cristal passablement jauni, j'avais inscrit mon nom et une date, « Décembre 90 ». Habitude perdue depuis belle lurette. Si la toile de fond était plus ou moins la même, l'écriture était plus tendue encore, le rythme aussi, Ellis enchaînant avec virtuosité les monologues souvent crus de Sean, Paul, Lauren et Victor qui évoluent en écoutant des chansons de Paul Young, REM et les Smiths.

Je me souviens que je n'avais alors pas la moindre idée qu'Ellis avait écrit *Les Lois de l'attraction* sous influence de l'*Ulysse* de James Joyce. Qu'il reprenait à son compte la fameuse technique du flux de conscience utilisée par l'auteur de *Gens de Dublin*.

Je me souviens d'avoir appris dans la presse que la publication d'*American Psycho* avait été annulée aux États-Unis par Simon & Schuster. Qu'Ellis avait néanmoins gardé les 300 000 dollars d'avance qu'il avait touchés et qu'il avait trouvé refuge chez Alfred A. Knopf.

Je me souviens qu'avant même sa parution des pages avaient fuité et provoqué un début de scandale. L'écrivain avait été taxé de misogynie et avait reçu des menaces de mort. Des féministes en colère avaient lancé : « Il y a mieux à faire que de le censurer : le scalper à vif et lui couper les parties génitales. »

Dans *Vanity Fair*, Norman Mailer était venu à sa rescousse en affirmant : « Je ne connais pas de roman américain plus cruel qu'*American Psycho* sur la classe dirigeante de ce pays. »

Je me souviens qu'à l'époque du scandale Christian Bourgois sortait tout juste des remous provoqués par la publication des *Versets sataniques* de Salman Rushdie. Qu'il avait refusé une première version d'*American Psycho* pour des raisons littéraires et non morales avant de reconnaître humblement plus tard s'être trompé.

Je me souviens de la publication d'*American Psycho*, en avril 1992, dans une traduction d'Alain Defossé, chez Salvy éditeur. Une maison impossible à oublier grâce à sa maquette élégante et son catalogue raffiné. Ses livres cousus, avec rabats et jaquettes : *Mariage à la mode* de Joe Keenan, *L'Art et la manière* de Michael Frayn, *Le Chapeau vert* de Michael Arlen, le *Cycle de Mapp et Lucia* de E.F. Benson, *Avril enchanté* d'Elizabeth von Arnim…

Je me souviens de la couverture bleu marine d'*American Psycho*. De la photo en noir en blanc entourée d'un liseré rouge et blanc qui l'illustrait : un portrait d'homme à lunettes signé David Seidner. Le résumé du livre, imprimé sur le premier rabat, se terminait ainsi :

« J'ai choisi la satire pour mettre au jour l'absolue banalité de la violence tout au long d'une décennie perverse », Bret Easton Ellis au *New York Times*.

Je me souviens que le volume comprenait 513 pages et coûtait 145 francs. Que je l'ai dévoré presque d'une traite, fasciné, totalement persuadé de tenir entre les mains un futur classique.

Je me souviens de Patrick Bateman, broker à Wall Street, fou de télévision et serial killer. De ses costumes, ses bretelles, ses lunettes, sa coupe de cheveux. De Patrick Bateman au club de gym, en réunion d'affaires, à un concert de U2, au Yale Club. De Patrick Bateman expliquant que *L'Adieu aux armes* est son roman d'Hemingway favori.

Je me souviens des chapitres d'*American Psycho* où Patrick Bateman disserte sur Genesis, dont il dit n'avoir pas cessé d'être fan depuis la parution de l'album *Duke* en 1980, Whitney Houston et Huey Lewis and the News.

Je me souviens que Gérard-Julien Salvy avait fait les choses en grand. Qu'il avait invité Bret Easton Ellis à Paris. Convoqué les journalistes français, organisé une conférence de presse, suivie d'un cocktail, dans l'appartement parisien de Diane de Furstenberg, rue de Seine.

Je me souviens que, parmi l'assistance, se trouvait là le regretté écrivain Jack-Alain Léger. Que ce dernier a posé une question – laquelle, aucun souvenir en revanche.

Je me souviens que, pendant le cocktail servi par des domestiques tirés à quatre épingles, Bret Easton Ellis sirotait du champagne avec des glaçons. Il paraissait souriant, détendu et m'avait soufflé que le dernier disque à l'avoir retourné était *Screamadelica* de Primal Scream.

Je me souviens d'avoir eu la chance de revenir rue de Seine le lendemain pour interviewer Ellis une heure durant, accompagné par mon ami Jacques Le Clinche.

Je me souviens d'avoir immortalisé le moment à l'aide d'un magnétophone à minuscules cassettes comme il en existait à l'époque. Bande et appareil égarés depuis. Ce qui n'est pas le cas du Polaroid pris ce jour-là. Le cliché fixe Ellis en costume cravate, assis dans un fauteuil en cuir dos à la fenêtre, faisant le V de la victoire de la main gauche. Pendant l'entretien, Ellis m'avait notamment expliqué avoir prévu l'emplacement de chacune des scènes de violence d'*American Psycho*.

Qu'il avait attendu le dernier moment pour les rédiger l'une après l'autre.

Je me souviens d'avoir trouvé totalement ratée l'adaptation cinématographique d'*American Psycho* réalisée par Mary Harron avec Christian Bale dans le rôle de Patrick Bateman à part la scène des cartes de visite.

Je me souviens que l'édition américaine de *The Informers*, publiée chez Alfred A. Knopf à New York en 1994, était nettement plus belle et intrigante que celle de sa traduction française sous le titre *Zombies*, signée par Bernard Willerval et parue chez Robert Laffont deux ans plus tard.

Je me souviens qu'en exergue Ellis a placé un extrait de *Demande à la poussière* de John Fante. Que la dernière des treize nouvelles, *Au zoo avec Bruce*, est peut-être la plus marquante de toutes.

Je me souviens d'avoir acheté chez Galignani l'édition américaine de *Glamorama* avec sa couverture à trous. Un premier tirage de 500 000 exemplaires, rien que ça. La rumeur voulait qu'Ellis avait mis six ans à en venir à bout et rendu sa copie avec deux ans de retard.

Je me souviens des épreuves à plat de la traduction française de *Glamorama* qui allait paraître chez Robert Laffont le 2 mars 2000 dans une traduction de

Pierre Guglielmina. Épreuves envoyées par Pierre-Louis Rozynès de *Livres Hebdo* un vendredi pour remise d'une avant-critique le lundi suivant.

Je me souviens de mon papier de 6 000 signes paru dans les pages du numéro de *Livres Hebdo* daté du vendredi 4 février 2000 sous le titre « The Bret Easton Ellis show à J-30 ».

Je me souviens que le narrateur de *Glamorama*, Victor Ward, traversait déjà le décor des *Lois de l'attraction*. Que cette comédie grinçante, qui vire peu à peu au thriller, commence par une histoire de tache sur un panneau. Que Victor lance : « Jc suis un mannequin. Je suis un poivrot. Mais c'est cool. Je suis cool. » Qu'il mange des bonbons Mentos, roule en Vespa, ponctue ses phrases d'un « baby », a fait des pubs pour Calvin Klein, des photos non retenues pour le livre de Madonna, *Sex*. Qu'Emmanuelle Béart laisse des messages sur son répondeur. Qu'il avale du Xanax à tout bout de champ. Qu'il n'a aucune mémoire bien qu'il soit imbattable sur les références et le minutage des chansons.

Je me souviens des passages du roman se déroulant à Paris. D'une bombe dans le métro à Port-Royal. De l'empoisonnement de l'eau de la piscine du Ritz.

De l'explosion d'une vitrine Armani créant un cratère de dix mètres de large devant le Café de Flore.

Je me souviens que, dans *Glamorama*, Patrick Bateman serre la main de Victor Ward et lui offre un cigare. Qu'Elvis Costello sort des toilettes publiques à Londres. Qu'un livre de Guy Debord dépasse d'un sac à dos Hermès.

Je me souviens d'avoir passé une heure en tête à tête avec Bret Easton Ellis dans un salon de l'hôtel de l'Abbaye où il séjournait pendant la promotion de *Glamorama*.

Je me souviens qu'il portait ce jour-là un jogging en éponge et semblait tout aussi détendu qu'à l'époque de notre première rencontre. Aucune langue de bois chez lui. Une facilité à répondre aux questions, à raconter des anecdotes hilarantes. Ellis m'avait ainsi appris que Leonardo DiCaprio avait envisagé de jouer le rôle de Patrick Bateman avant de se raviser. Qu'un soir où l'écrivain buvait un verre avec l'acteur Toby Maguire à la Playboy Mansion, DiCaprio avait pris un air gêné en le voyant et tourné les talons.

Je me souviens de *Lunar Park*, traduit chez Robert Laffont par Pierre Guglielmina en 2005. De ses accents paranoïaques et de ses clins d'œil à l'univers de Stephen King. De son narrateur et héros baptisé Bret Easton Ellis. Lequel se décrit comme « le plus grand écrivain américain de moins de quarante ans ». Riche et célèbre, marié à une actrice qui a fait de la publicité pour Tampax et Burger King, et père d'un fils qui prend déjà des antidépresseurs à 11 ans.

Je me souviens qu'il y avait là une manière incroyable de jouer avec l'autofiction et de brouiller les pistes. De faire entrer en jeu un tueur décidé à copier, dans l'ordre, les crimes relatés dans *American Psycho*.

Je me souviens d'un déjeuner avec Bret Easton à Paris, dans le restaurant à l'ambiance feutrée de l'Hôtel de la rue des Beaux-Arts où il séjournait pendant la promotion de *Lunar Park*. D'Ellis nous expliquant qu'il était un peu à court d'idées et qu'il ne savait pas ce qu'il allait écrire ensuite. Que s'il ne trouvait rien, il donnerait une suite à *Moins que zéro*. Ce qui avait fait sourire l'ami Bruno Corty du *Figaro littéraire*.

Je me souviens de *Suite(s) impériale(s)*, traduit par Pierre Guglielmina chez Robert Laffont en 2010. De son titre en hommage à un album d'Elvis Costello. D'un roman noir inquiétant dont la bande-son n'est plus Costello mais les chansons lancinantes de The National. Un groupe culte que Bayon avait fait découvrir aux lecteurs de *Libération* dès leur premier album.

Je me souviens que dans *Suite(s) impériales(s)*, Clay, désormais doté d'un physique d'« adolescent à l'air vieux », revient à Los Angeles un mois de décembre et y retrouve ses prétendus amis : Julian, Blair, Trent ou Rip, son ancien dealer. Clay traîne dans une ville lumière aux panneaux publicitaires numériques, se rend à une avant-première ou à une fête sur les hauteurs de Bel Air mais sent surtout monter la tension et la peur. A l'impression qu'une jeep bleue aux vitres teintées le suit, qu'on a pénétré chez lui en son absence, déplacé des choses, allumé son ordinateur. Commence à recevoir des sms envoyés par un numéro masqué l'avertissant : « Je t'ai à l'œil. »

Je me souviens d'avoir trouvé à la lecture de *Suite(s) impériale(s)* qu'Ellis naviguait en territoire connu. Qu'il reprenait les obsessions et les thèmes qui lui sont chers, en s'attachant une fois encore à dépeindre avec une acuité jamais démentie un monde terrifiant, dangereux et vide. Que, certes moins ambitieux que *Glamorama* et *Lunar Park*, *Suite(s) impériale(s)* ne montrait pas moins un Ellis manifestant toujours une capacité inouïe à distiller le malaise.

Je me souviens d'être allé saluer Bret Easton, qui séjournait cette fois à l'hôtel Costes, avant une séance de dédicaces à la Fnac. Lui avoir fait dédicacer un exemplaire de l'édition originale américaine de *Suite(s) impériales(s)*. Lui avoir aussi remontré ce jour-là le Polaroid pris en 1992. Ce qui l'avait fait sourire.

Je me souviens que Bret Easton Ellis m'avait expliqué avoir un secrétaire qui se chargeait de remplir son iPod de chansons ou d'albums.

Je me souviens que Bret Easton Ellis a habité longtemps à New York, 13 th Street près d'Union Square, dans le même immeuble que l'acteur Tom Cruise qu'il a croisé deux fois dans l'ascenseur, avant de retourner s'installer en Californie en 2006 et de s'établir dans un deux pièces près de Beverly Hills.

Je me souviens, quand les deux tomes des *Œuvres complètes* de Bret Easton Ellis ont été réunies sous coffret dans la collection « Bouquins » de Robert Laffont, de m'être rué sur le long entretien réalisé par Jon-Jon Goulian pour la *Paris Review* qui y est reproduit.

Je me souviens qu'on y apprend qu'Ellis a grandi dans la vallée de San Fernando. Qu'il a commencé à conduire la Mercedes 450 SL d'occasion de ses parents. Qu'il a d'abord voulu être musicien, a joué du clavier et écrit des chansons avec un groupe quand il était au lycée. Qu'à 20 ans, étudiant en troisième année à l'université de Bennington, il a obtenu 5 000 dollars de l'éditeur Simon & Schuster pour le manuscrit de *Moins que zéro* dont il avait corrigé plusieurs versions successives. Qu'à 20 ans encore, il écrivait, dit-il, parce que c'est « un plaisir » et « une catharsis », un « moyen d'évacuer le stress », de « gérer (s)a souffrance ». Qu'il est le genre de prosateur à savoir parfaitement ce qu'il écrit et comment il l'écrit, refusant généralement avec vigueur les changements suggérés par son éditeur Gary Fisketjon. Qu'*American Psycho* est selon son auteur né d'une « grande aliénation, de la solitude et du dégoût de soi ». Que *Glamorama* reste à ses yeux son roman le plus important, « le plus complexe et le plus intéressant ». Qu'il prétendait à l'époque de l'entretien travailler à « un film de requins » et à « un biopic de Duran Duran ».

Je me souviens de n'avoir pas trouvé terrible l'adaptation des *Lois de l'attraction* par Roger Avary et de n'avoir toujours pas vu *The Canyons*, le film de Paul Schrader avec Lindsay Lohan et James Deen dont Ellis a écrit le scénario.

Je me souviens en revanche d'avoir été impressionné par *The Informers*. Le film de Gregory Jordan avec Billy Bob Thornton, Kim Basinger, Mickey Rourke dont Ellis avait précédemment coécrit le scénario. Le seul long-métrage à coller au plus près du côté cauchemardesque de son œuvre.

Je me souviens que Bret Easton Ellis aime la power-pop de Tommy Keene. Celle de Ash, Fountains of Wayne ou Emerson Hart. Qu'il recommandait sur son site Internet d'écouter *Lost in the Dream* de The War On Drugs, *1989* de Taylor Swift et *24 Hours* de Sky Ferreira.

Je me souviens d'avoir été plus qu'intrigué d'apprendre qu'*American Psycho* allait devenir une comédie musicale jouée à Broadway avec une musique et des chansons de Duncan Sheik dont j'avais écouté en boucle l'album *Phantom Moon* sorti en 2001.

Je me souviens que je n'ai pourtant jamais pris la peine de commander et d'écouter le CD.

Je me souviens qu'il y a peu Bret Easton Ellis avait 568,8 k abonnés à son compte Twitter et que sa page Facebook avait 151 489 abonnés

Je me souviens que Bret Easton Ellis avait loué son visage pour la marque de lunettes Persol. On peut le voir dans un clip en noir et blanc taper sur une antique machine à écrire dans une piscine vide.

Je me souviens que, pour l'occasion, il a également réalisé un clip de huit minutes où il revisite le mythe d'Orphée dans un Los Angeles filmé de jour et de nuit, avec piscine, coupé Mercedes, mannequin homme équipé de tablettes de chocolat et belle brune ne quittant pas son téléphone portable.

Je me souviens que le résultat ressemble étrangement à un pastiche aseptisé de son univers romanesque.

Je me souviens que Bret Easton Ellis a publié cinq romans et un recueil de nouvelles. Qu'il n'y a rien à jeter sous sa plume. Qu'il a peint comme personne la souffrance et le vide. Que comme tout grand écrivain, on l'aime ou on ne l'aime pas. Que j'ai choisi mon camp depuis le début.

Je me souviens d'avoir pensé que Bret Easton Ellis n'écrirait peut-être plus jamais de livres et que ce n'était pas grave.

Je me souviens avoir été ravi d'apprendre qu'il publiait un premier livre de non-fiction, *White*, en 2019. Un texte né d'une irritation, d'une colère nouvelle provoquée par la fureur des utilisateurs des réseaux sociaux.

Je me souviens que, dans *White*, Ellis évoque une époque d'innocence. Celle où il était ce garçon ayant grandi dans San Fernando Valley au début des années 1970. Celui qui aimait les films et les romans d'horreur. Celui qui allait voir au cinéma *La Fièvre du samedi soir* et *Phantom of the Paradise* et lisait les critiques de Pauline Kael dans *The New Yorker*. Celui qui était profondément marqué par *American Gigolo* avec un Richard Gere « à l'apogée de sa beauté ». Un film qui serait une inspiration essentielle pour *Moins que zéro* dont il nous apprend qu'il a d'abord été imprimé à 5 000 exemplaires par Simon & Schuster.

Je me souviens qu'Ellis explique dans ces pages la genèse d'*American Psycho* pour lequel il a commencé à prendre des notes pendant la dernière semaine de décembre 1986. Et comment le livre s'est mis « à refléter la qualité irréelle » de sa vie de l'époque.

Je me souviens du passage où il rapporte une conversation avec le peintre Jean-Michel Basquiat dans les toilettes d'un restaurant.

Je me souviens de cette phrase de la page 125 : « Je pense que la vie est essentiellement dure, une lutte pour chacun à des degrés variables, et qu'avoir un humour dévastateur, se mobiliser contre ses absurdités inhérentes, briser les conventions, mal se conduire, inciter à la transgression de je ne sais quel tabou, est la voie la plus honnête sur laquelle avancer dans le monde. »

Je me souviens qu'Ellis affirme que *Different Light* des Bangles est « un album de pop parfait ». Qu'il explique son « ambivalence morale face à la politique », n'être « ni conservateur ni libéral, ni un démocrate ni un républicain ».

Je me souviens des pages où il détaille ses sentiments contradictoires vis-à-vis de David Foster Wallace, dont il n'a jamais réussi à lire *L'Infinie Comédie*, à la fois selon lui un génie et l'écrivain le plus surestimé de sa génération. Ou celles sur Hollywood, le prétendu « pays de l'inclusion et de la diversité ».

Je me souviens d'avoir trouvé que *White* n'était pas un chef-d'œuvre mais un texte passionnant pour les aficionados de Bret Easton Ellis.

Je me souviens avoir été content d'apprendre que Bret Easton Ellis allait revenir au roman avec *The Shards* à paraître aux États-Unis en « hardcover » chez Penguin Random House le 17 janvier 2023. Et d'avoir été plus encore intrigué en découvrant sur le site de la maison que ledit roman se déroule à Los Angeles en 1981.

Qu'il y est question d'un serial killer et d'un narrateur de 17 ans prénommé Bret…

Alexandre Fillon, né le 26 mai 1970 à Paris, est journaliste littéraire. Il collabore au *Figaro littéraire*, à *Sud-Ouest Dimanche*, aux *Échos*, à *Transfuge* et *Gueuleton*. Il a notamment dirigé le recueil collectif *Lire, vivre et rêver* (2015), participé à l'édition française des *Remèdes littéraires* d'Ella Berthoud et Susan Elderkin (2015) et cosigné les *Remèdes musicaux* avec Michka Assayas et Benoît Duteurtre (2021).

Table

Pour en savoir plus
sur les Éditions Plon
(catalogue, auteurs, vidéos, actualités…),
vous pouvez consulter
www.plon.fr
www.lisez.com

et nous suivre sur les réseaux sociaux

Editions Plon

@EditionsPlon

@editionsplon

MIXTE
Papier issu de sources responsables
FSC® C003309

L'éditeur de cet ouvrage s'engage dans une démarche de certification FSC® qui contribue à la préservation des forêts pour les générations futures.

Pour en savoir plus :
www.editis.com/engagement-rse/

Achevé d'imprimer en août 2022
par Normandie Roto Impression s.a.s.
N° d'impression : 2203521
Imprimé en France